#目錄
Contents

「700 萬種生活，我哋係四仔旅行團，越癌越愛」– 如果有觀看過 Mill MILK（MM）700 萬種生活的訪問，相信大家應該對我們並不陌生，如果沒有看過，沒關係，這本書將令你更進一步認識我們。

「四仔旅行團」由七位 80、90 後的年輕癌症病友組成，當中包括用藥物控制著病情，與癌共存的人、康復者以及至今仍在治療的人。這幾位團友是透過「癌症資訊網」認識的，未出發前，他們只是在公開的聚會活動見過對方，有一些根本是出發前從未見過面的，但因為大家也有着「趁住而家唔玩，要等幾時先去玩呢？」的貪玩心態，以及有共同的經歷而稔熟，後來更展開了第一次的旅程，沒料到一趟旅行竟讓我們由陌生人逐漸成為「熟悉的陌生人」。

旅行結束後四仔們萌生起一個念頭，希望能夠將「四仔旅行團」的精神和故事延續下去。於是，我們決定以最簡單直接的方法 – 書，將旅程中的點滴和難忘回憶記錄下來。這個構思很快獲得全體成員一致贊成，緣份的驅使下，我們很快便遇上了合適的出版社，開始密鑼緊鼓籌備寫書。

這本書集結了「四仔旅行團」七位成員罹癌的心路歷程，打破了世俗傳統對癌症恐怖的思想以及經歷生死後各自對生命意義與人生觀的領悟，更記錄了四

仔們籌劃旅程時的點滴，旅途中的趣事，以及每位成員與 MM 的獨家珍藏訪談內容。書中將揭示四仔們如何以幽默正面的心態面對生死，每行字裡譏笑風趣卻暗藏了半點眼淚又帶點生命中的無奈，並將困境轉化成地獄笑話。書中的一字一句，均是我們的深情自白，希望能夠打破大眾對癌症病患和治療過程的刻板印象，而呈現癌症病患的另一面向，讓讀者從中感受到四仔們如何燃燒生命及帶你用一個嶄新的視覺去看癌症。

　　我們盼望透過此書能夠為正在接受治療或面對著人生逆境的你帶來一絲心靈慰藉，傳遞更多的愛與祝福，鼓勵大家堅持走下去。我們保證書中的笑料能讓你開懷大笑，甚至笑得熱淚盈眶。

　　即使在人生看似最荒誕無稽的時刻，也願你能用積極樂觀的人生態度，活出屬於自己的精彩人生。

　　能透過《四仔旅行團》和你遇上是一種緣份，讓我們用天堂的視覺，帶你去遊歷我們另一種地獄的人生⋯⋯

四仔團友

2024 年 4 月

 仔旅行團

Tiffany

樂觀天使，2024 年 3 月離逝

Jasmine

癌症資訊網代表 / 美貌及吃貨擔當

Teriver

斜槓音樂人 / 重度咖啡倚賴者

R 小姐

服務大眾市民的社畜 ed/ 韓文當飯食之人妻

Lamk

斜槓人 / 動物教育工作者 / 大娛樂家

Niko

生活享樂家 / 吃貨 / 育有一位小鮮肉的媽媽

Clark

健身教練 / 業餘舞台劇演員 / 鍾意唱歌的光頭佬

\# 推薦序

中國人慣性對數字敏感，「八」便是發，「四」即使死，前者多多益善，後者避之則吉。

作者們以四仔作招徠實是一番心意，港人俗語四仔與色情掛鈎，而他們的四仔卻偏偏跟死亡掛鈎，生命的始與終同時被這「四仔」包羅。

醫生在腫瘤科打滾多年第一次聽到「四仔」是指癌症病人，還也意味著有一二三仔，可能將來醫生跟病人溝通可以說：「恭喜你，你係一仔！」

先從專業解說，四仔並非一定指後期或末期，也未必指死期將近，簡單而言，癌症四期單指擴散到其他器官，就是一小點擴散也定義上屬四期，故此絕不能單以四期（或四仔）跟死亡掛鈎。

四仔旅行團是七位年輕患癌病人的心路歷程，地點是清靜的清邁某度假村。

醫生只認識音樂人 Teriver，見證到他如何從病床上光頭小子蛻變成如今的瑜伽大師模樣，過程中有效治療固然重要，但最重要還是一份勇氣，七位年輕人見證中不難發現是正是四仔旅行團友們的共通點。

"I learned that courage was not absence of fear, but the triumph over it." 諾貝爾和平獎得主 Nelson Mandela 說勇氣並非沒有恐懼，而是戰勝恐懼，相信七位年輕「四仔」得知噩訊第一反應便是恐懼，可懼怕事情多不勝數：病的痛苦，治療的痛苦，失去工作能力，失去伴侶，失去前途，甚至失去生命，而這份恐懼無時無刻去蠶食生命。慶幸七位「四仔」團友以不同方法加上不同際遇慢慢地戰勝這份恐懼，把生命引回正軌，他們能一起組團到清邁在再從多種方法分享便是最好見證，證明他們仍好好地活着，這已是一份勝利，也是對香港萬計「四仔」的一份鼓勵，要知道「四仔」死不了。

將來若有任何一類的四仔旅行團，醫生也可能考慮參團。

香港中文大學腫瘤學系主任　莫樹錦教授

四仔旅行團成員之一 Jasmine，是我同事。

他們的故事被廣泛報導以後，一步一步走上網紅的階梯，在兼顧社交網絡和工作之間的 Jasmine 做得很好，使我對斜槓族的模式多了一點點的認同。

在這一場意義飛凡的旅程之後，某一日她歡天喜地來找我（通常不是好事），老闆：「四仔旅行團」的旅程結集成書好唔好呀？你會唔會支持我地呀？」之後的對話，她的計劃書其實我並沒有仔細聆聽，腦海已經浮遊到另一個時空，一段往事。

成立癌症資訊網之前，我都算得上是「古代」的網紅、Yahoo Blog 的時代。因為癌症，在虛擬的世界日與夜的分享，結識了一班志同道合的癌症病人和家屬。那時候不知從哪裡來的幹勁和魄力，廣邀這班朋友將我們的故事結集成書，希望勉勵一班後來者之外，也為我們短暫的人生留下一頁印記。最終，這是我們整個出版事業的第一本書：癌症不是盡頭。

它的出現，要多謝的支持者有很多。偶然想起自己的患癌經歷直至今天我們的工作，由倖存者演變成像一個使命、一種召喚要我們不要停下來，繼續引領迷途的人走往大道。

一眨眼回過神來，看著眼前的 Jasmine，暗地裡我想多謝她的，因為他們的故事提醒我的初衷是什麼，若然今天感覺累透了，不用怕，他們的青春和力量，正好一代一代承傳下去。

「四仔旅行團」出發吧！我想不到任何原因，不支持他們走下去。

癌症資訊網創辦人　吳偉麟 Alan Ng

　　從來沒有想過，人生其中一場最難忘的旅程，同行的是幾位素未謀面的陌生人。

　　癌症病人容易給人很多既定印象，生命在倒數、精神萎靡、無助沉重，大家對他們都充滿同情及無力感。參與旅程前我都抱住這種不安和小心翼翼，在想採訪同時怎樣用一個健康人的身份提供支援。但由認識四仔那刻開始，見識過他們的地獄精神和隨時笑死人的化學作用，就跟他們一起沒有顧忌地「遊戲人間」。

　　沒有生死禁忌，沒有呼天搶地，也沒有說教式的老生常談，四仔們總說，當你看得越化，越容易把它當成笑話，也會容易怎去面對事情。這也成了此趟旅程的基調，上一秒因為一個地獄笑話笑到肚攣，下一秒已在聊化療時副作用有多痛苦、身邊有哪位病友復發或離世了，或是深層次的「靈魂拷問」，談生死，談關係，談人生抉擇，別人覺得沉重的話題，都是他們的日常寫照。「因為沒人知有沒有明天，有沒有下一次，所有的當下就是我們的 best timing。」

　　這個 trip 見證了好多神奇時刻，玩滑翔機那早上本來下大雨，連導遊都打定輸數不能起飛，但四仔一到埗就停雨，離開時天湊巧又下起雨來；片尾彩虹出現的畫面是個像 Window wallpaper 般靚的茶園，本來 skip 了這地方，但意外調動行程後在日落前趕過來，當中的無厘頭小劇場、後來的對話都是意料之外的，還有那道突然出現的彩虹。覺得個天，好像真的在聽他們說話。

　　謝謝這幾位最熟悉的陌生人，讓我成為「四仔」一員，慶幸參與和記錄了這場又喊又笑，悲喜交集的生命盛宴。你也準備好踏入他們的歷程了嗎？

MillMILK Content Creator　　Phoebe 王秋婷

收到 Teriver 邀請，為他的新書寫推薦序，我回覆說真榮幸呢！剛巧當天約了張先生去看《Poor Things》，為了不劇透太多，我揀選了其中一句讓我感受很深的對白跟大家分享，是巴黎的一間妓院主人史維妮跟貝拉說的：「我們必須工作，必須賺錢，我們必須體驗一切；不僅僅是美好的，還有墮落、恐懼和悲傷。這使我們成為完整的、成為物質的人，而非不懂得飛翔、未被觸及的孩子。然後我們就可以去瞭解世界，當我們瞭解世界時，世界就是我們的了。然後貝拉說：我想要那樣。」

就這麼短短的交談，彷彿總括了整部電影的主題。生命有太多面向，如果我們只摘取美好的，往往忽略了太多在歷練裡才體驗得到的大智慧。如果我們只在痛苦裡面掙扎，亦會錯過了生命裡一直閃耀的光輝。

我記得我自己第一次當母親時是戰戰兢兢的，對大兒子張瞻所有事情都畏首畏尾，感覺上是他到了上小學的年紀，我們能夠有更好的溝通，我才感覺放心下來，但心裡面仍然很多擔憂。直至十年後小女兒張靖出生，我才走出了那種擔驚受怕的心態，學習跟小朋友做探索生命最好的夥伴。

做父母也需要這樣經歷，更何況是自己的人生呢。我不知道有沒有一個不敗的答案，可以給予所有對生命有疑問的人，一種陪伴、一個方向。但我卻可以肯定，生命有始有終，一定有起起伏伏、情緒萬千；日子有好有壞，包括了高高低低、有眼淚有歡笑，還有更多更多，何必太早下定論。

本書的作者們，以他們與癌病共存的心路歷程，跟讀者分享當中的快樂與辛酸，如果你身邊也有為正在生命而煩惱的朋友，你也不妨送一本給他，說不定會為他帶來更多坦然面對的力量。

我想藉此機會感謝各位作者，感謝他們以自己的親身經歷，奮力去活出生命更豐富的色彩，希望他們的故事，也能溫暖你的心。

唱作歌手及藝人　Kay 謝安琪

chapter *1* 我們都是四仔

聽到癌症，

很多人立即聯想到一個充滿哀傷，

痛苦和絕望的陰暗世界。

身邊有患癌去世的親人，

好順理成章將「根據經驗」

歸納出一套癌症病人標準的

命運劇本。

1.1

外界對癌症的刻板印象

「呀邊個邊個生 cancer？晚期癌症？剩返幾個月命？好慘喎！」

聽到癌症，很多人立即聯想到一個充滿哀傷，痛苦和絕望的陰暗世界。身邊有患癌去世的親人，好順理成章將「根據經驗」歸納出一套癌症病人標準的命運劇本。如果沒有，對於晚期癌症的印象可能來自電視劇或者是這首歌：

「但這天收到她爸爸的一封信，

信裡面說血癌已帶走她，

但覺得空虛的心彷彿已僵化......」

我們也可以參考電視劇，來得有點詩意，就讓我們合上雙眼幻想情節：她帶着冷帽，寧靜的半躺在病床，瞭望着窗外花園的風景。呼吸機的聲音不斷重複抽搐，生理監視器「必必」聲響。慢慢地踏上輪椅，姑娘小心翼翼地推出花園。帶有咳嗽聲凝望着天空，忽然泛起一道彩虹，早上是上帝聽見了她的禱告，在憐憫着說：「辛苦你了，現在敞開雙手帶你來到天家。」

我們拒絕歸納

對於癌症，大眾很容易歸納成一種病。很多時候還未問是什麼癌症，就急不及待給意見：「患癌不能吃那個」、「阿邊個做完化療就走了」、「患子宮頸癌一定是性生活不檢點」等偏見。

作為「全職病人」，我們認知到癌症分為很多種，成因各異，不明成因的更加多。生長在不同的器官，有實體的，有非實體的，有不同細胞形態的，有常見或罕有基因推動主導的。而基因的變異有時候是隨機的，如果人體的修復機制出現問題，就有機會形成癌症。所以不一定做錯什麼，才患上癌症。

每個病人的癌細胞中的不同差別，會有不同的治療方案。不同的治療方案又有不同的有效機會與副作用或毒性，而根據每個人的體質也會有不同的反應，這個差異，最終會每一個病人抗癌之路都會非常不同。在我們的經歷中，大眾很容易對癌症有刻板的形象，很容易以自己親身的小數經驗，形成主觀的觀點想法。

熟悉的陌路人

一路走來認識很多病友，發現其實大家有很多非常有趣的面向。大部分的治療固然痛苦，但原來也有沒有副作用的人。抑鬱的病人有很多，但同時也有樂觀繼續擁抱生命的人；身體虛弱的病人很多，但

同時也有身壯力健的健身教練。其實癌症病人也是獨立的個體，每個人都會有不同的處理方法，面對的心態，飲食習慣，生活節奏等等。我們聊天是不用兜兜轉轉，談及治療時大家更有切身之痛的共鳴，甚至沒有道德包袱可以說一些地獄笑話。我們都想：這種豁出去的毒舌氣氛或許對社會有點作用，換過包裝好的概念，就叫生死教育吧（笑）！

癌症病人也是人，也是獨立的個體。他們會有不同的心態，以不同的方法面對和應付這個病。有些人選擇逃避、有些人拒絕承認、有些人接受甚至把它忘記、有些人繼續追尋自己想做的事。

活在當下

當疾病降臨，生命終結的鐘聲開始響起來，但是真相是其實我們自出生開始就步向死亡。在有限的生命底下怎樣生活是我們的一個大抉擇。活在當下人人都在說，但對我們的尤其重要。我們都需要擺脫對過去的健康生活的留戀，或是對未來身體狀況的恐懼，專注享受現在美好的一部份。

「明天會更好」不是我們的標語，反而是「明天未必會更好，所以我們要盡力享受現在」。不能控制的外在環境，容易產生強烈的無力感，於是慢慢地我們都只有選擇學懂放下。少了執着，捉緊現在。有一天會發現其實這個病教了我們人生的大道理，是最有智慧的老師。

旁人的眼中，我們可能都是「抗癌勇士」。但是，與其說我們很堅強，不如說我們只是無可奈何地選擇快樂。不甘心因為病而為剩下的生設限制，我們在看似更短的生命下要活得更精彩。我相信這些共通點就是四仔旅行團成立的根基。大家都希望找到有共鳴的朋友一齊行這一段路。

自嘲式地獄笑話

我們這一群人因為這個病聚在一起，又剛剛好有相近的理念，臭

味相投。不想浪費時間自怨自艾，只想在剩餘的時間活得燦爛。不想抱着 "everything will be alright" 的偽正能量心態，只想沒有禁忌暢所欲言。須知道患病的人才有資格說出自嘲的地獄笑話，所以當我們聚在一起，有時候對話毫無營養，充滿毒藥，然後一秒之後又會講出好像看透生死的人生智慧金句。這些介乎真理與廢話之間的經典場面屢屢發生。人生何必太認真，好與壞可能是一線之差，經歷過生死的人說出的廢話也像是人生哲理。至少你看到這裡應該是真金白銀課了金買這本書。

四仔出發

既然有了最低限度的友誼，加上同樣有限的生命，我們要爭取時間玩過夠。

四仔有一個共同的優點，就是沒有拖延症。人生苦短，癌症病人的時間很寶貴，何況這裡有七個。剩下的每一天，都希望為自己而活。旅行團從飯局的提議中快速成立了 WhatsApp 群組，接着經過簡單而隆重，一人一票的形式選擇了清邁。然後幾天之後看到了航空公司的減價優惠，便立即搶票。這次的四仔旅行團，只花了一個月時間籌備。我們各施所長：Niko 媽媽安排行程，Teriver 約 MM (MillMILK) 拍攝，Tiffany 聯絡和後勤組織，健身教練 Clark 負責做保鑣，Lamk 負責社交媒體，Jasmine 代表癌症資訊網機構，R 小姐負責自拍（笑）。

一想到我們一半成員都有 YouTube 頻道，很快就有了拍旅行 Vlog 的想法。我們都看過很多坊間的癌症病人資訊，雖然很能感動世人，但是都比較一本正經。我們雖然患癌，性格卻非常貪玩。心想如果可以拍一個綜藝節目，或許叫「帶着癌症去旅行」也不錯，順便消費一下癌症，完個名星夢也好。但是這個名稱不夠入屋，還有點敏感吧。想了想，曾經有一套電影叫《四仔旅行團》(Road Trip)，是一部非常通俗的西片喜劇。既然我們大部份是四期的病人，不如就用這個名稱吧，這樣一聽起來便不會太沉重。你轉發給外婆，她也不會立即講「大吉利是熄咗佢」吧！

所以，一切就自然地發生了。

追尋夢想，實現目標

患癌不一定是絕路，我們不需要被動地等待死亡，也可以繼續去追尋夢想。只是，我們學懂了「搬龍門」地去調節夢想。如果明天身體狀況差了，夢想就設低一點吧！

疾病並不阻礙追求快樂，心態才會。患病讓我們學懂了不再浪費時間，不再為別人而活。我們對金錢的觀念改變了，工作變得沒有那麼重要，要把時間都放在對自己有意義的事情上。身邊有些病友在治療過程中失去了一些能力，但卻發現了新的熱情和興趣。他們可能開始學習其他技能，甚至開始創業。他們雖然患癌，但沒有放棄追逐夢

想和對生命的渴望。

癌症病人的處境

話雖如此，患癌不是一個人的事，同時是病人與家人或照顧者一同面對的大事。一般來說，想要積極對抗癌症，需要一個持開放態度的團體一同努力。可是傳統的「報喜不報憂」文化有時候會成為一個阻礙。

觀念傳統的人，可能會避開說出這個詞語。關心問候時可能會講：「你嗰啲嘢點啊？仲喺唔喺度？」隔籬枱會以為你講緊有鬼上身。患上癌症的時候總會聽到這樣的討論：那一個親戚不能告訴他，因為他會接受不了。

我們的想法是，要對抗癌症，首先要接受這個事實，才能作冷靜的選擇和評估。偏偏這個時候很多病人卻反而需要花精力在處理家人的感受，那位不能接受這個現實等等。這些問題形成種種掣肘，累積為壓力，影響情緒和耽誤治療。我們在病友的分享與討論群組中經常都談及要處理這種狀況。

其實癌症已經真的很常見，根本沒有辦法再避忌了。抱着「**煮到嚟就食**」然後「**關關難過關關過**」，或是 *"pray for the best, prepare for the worst"* 的務實心態才能夠增加生存的機會。

尋找喘息空間

　　家人和照顧者之後，有時候要處理伴侶的感受。患病固然是對感情一個很大的考驗，結婚或生育計劃需要改變。這不是倉猝許下承諾的時間。伴侶需要切實地討論並了解將來的路要怎樣面對，有什麼醜陋的現實要承擔。畢竟治療癌症不是說玩的，若然沒有信心堅持承諾下去，倒不如早點坦誠的說分手。但是一般人又怎會知道將來是怎樣的艱難？很多時候只能摸着石頭過河。其實這時候需要雙方更加坦誠的去溝通，倘若承受不了互相找點喘息空間也是無可奈何。

　　過了這關，還要處理身邊的人際關係和眼光。患者迎來了人生的巨變，工作或學業需要停頓，或作改變。這些變化都會帶來大壓力。患病會否影響工作能力？這個是有可能的，畢竟不能再無止境的加班。比較好的處理方法是坦誠溝通，制定一個可以接受的工作環境或調節工資也是不錯的方法。這些處理得宜甚至可以是團結公司的一股能量，相反可能會變得互相猜疑，倒不如提早分道揚鑣。

切忌過度憐憫

　　同事們的態度也很重要，有時候過分的關懷也會帶來患者的不適。關懷也有學問，要理解患者的特別需要才能最有效的幫助他們。病人也有他的尊嚴，旁人也不需要無時無刻以目光提醒他是有病的。有時候，病人已接受並處之泰然，身邊的人為何卻佈以憐憫的眼神？

　　以上種種情況都是我們寫這本書的動力。如果能夠藉着我們這次旅行的經歷，立體地以多角度展現不同晚期癌症病人多種面向與生活，大眾或能更真摯地體驗到患病者的難處和感受。這樣，或許能避免很多因不了解而形成的偏見與誤會。患病固然很沉重的，當中的痛苦與辛酸很真實，但是其實也可以選擇用豁然輕鬆的心情面對。幽默感是一個非常有用的方法，能夠把它當作玩笑，便沒有那麼可怕。

　　不將癌症視為絕望的象徵，而是把它看作是一個挑戰，一個機會去重新詮釋生活的意義。

1.2

Yeah！重新認識生命

　　一般坊間關於癌症的書籍，都會帶有濃厚資訊性質或一些過來人的經歷分享，從而讓癌症病人或家屬得到具體的訊息、治療過程、方式或感受。而我相信我們這次的主題就比較跳脫，因為我們是以癌症病人 / 康復者的第一身角度去談旅行。

　　不是說我們比較特別，而是說或許我們抱着的心態會比一般人不一樣。我們或許會比一般人更珍惜每一次能夠外出的機會。老實說，如果可以選擇，誰人不想變回「一般人」呢？所以這次難得能夠聚集到幾位同路人，實屬難得。

　　癌症康復者去旅行其實是一個重要的心理和情感時刻，這種旅行可能象徵著康復的里程碑，也是一個慶祝生命的機會。對許多人來說，癌症治療過程是極具壓力的，而旅行可以是一個讓人放鬆身心、慶祝康復的方式。當然我們都要考慮自己的身體狀況和免疫能力，以確定最合適的旅行目的地和計劃。

對人生的啟示

　　對許多人來說，旅行過程本身可能會帶來壓力，例如長途旅行、

時差和未知的環境，可以考慮選擇一個較為輕鬆和輕度挑戰的目的地，避免過於激烈或壓力過大的旅程，所以好的旅行夥伴或團隊一起計劃行程，可以在旅途中得到支持和協助。我們還有根據目的地的氣候和環境，帶上適合的藥物和醫療用品，以應對可能的健康問題，除了身體上的照顧，我們都關注自己的心理和情感需要，因為旅行可能會帶來情緒變化和挑戰，因此保持穩定的情緒和心理狀態是尤其重要。

另外，與旅伴交流、尋找支持和理解，以及尋找帶有意義的體驗和活動，這些一切都在我們期待中，通過保持開放和靈活的態度，我們可以更妥當地應對這些挑戰，同時享受旅行中的美好體驗。其實對於我們這些癌症康復者，去旅行是一個重要的時刻，代表著康復和生命的新開始，通過謹慎的計劃、自我照顧和心理支持，我們確實可以在旅行中享受愉快的時光，並且獲得力量和希望！

1.3

最親的陌生人

首先，四仔旅行團並不是每個人也是與對方熟絡的，好旅伴不易求，團友最初擔心在旅程中會否產生不和或需要磨合的地方，甚至拗撬……這些其實是最不想看到的，因為說得俗一點，「大家都是求開心」，所以在出發前我們有一個見面會，也做了一個小訪問。很奇妙的，當聚在一起談論旅遊行程的時候，大家就像認識了很久一樣，分享大家過去的趣事又會自動分配好室友，像極小學畢業旅行般興奮。

到了旅程開始當天，我們已經打成一遍，如果不是在訪問的時候，我們幾乎忘記了自己是癌症病人 / 康復者。雖然有些毒舌團友還是會互相取笑對方，但這不就是好朋友才有的關係嗎？哈！因為我們背景相似，所以會比一般人更懂得保持同理心和尊重，旅程中我們分享各自的經歷和情緒，很自然地會同情和用理解的態度來回應。你一言我一語，我告訴你化療多痛苦，你告訴我癌奶多難喝，互相明白這對我們來說是多麼「珍貴」的時刻。

有你們，我不孤單

　　不過，每個癌症病人都有各種不同的情感和反應，有些人可能希望談談他們的病情，而有些人則可能不願意提及。我們都會尊重每個人的處境，不強迫對方談論他們不願意談論的事情，只會在對話中表達支持和鼓勵，讓對方知道「你並不孤單，有人願意在你需要時伸出援手」。

　　雖然，我們毒舌，但我們知道，好些時候都要盡量避免對病人提出評論和建議，因為有時候我們只是需要有個聆聽者，而不是一個人提供解決問題的建議。當我們幾位毫無保留的詳談病情、病歷，你發覺你會更了解清楚自己多一點。從前你很害怕的東西，現在你能夠正面面對，還能有說有笑的與別人分享，這其實也是一種「進步」，代表你克服了那段艱難時期，身心靈也得到提升。所以，無論你在與癌症病人交談還是與其他人一樣，真誠的關心和尊重都是最重要的，我相信別人是感受得到的！

真摯的交流，

面對鏡頭，

總好過，

面對手機，

各自為政！

chapter #2 旅行啦！7人成團

《四仔旅行團》之所以這麼地獄，

或許是因為在某種程度上，

我們每個人都經歷了類似的困境，

可能都有一些難以言喻的經歷和苦況。

2.1

我們都是四仔

「四仔」不單是我們對四期癌症病人的簡稱，亦代表著我們成人不宜的人生。年青癌症病人之間有一個群組，每當有新人加入的時候都會作自我介紹。標準格式就是名字加患上的癌症加期數（例如 teriver，肺 4），十隻字內的簡介已經道出抗癌的經歷，流露出過程中的辛酸同艱難，不需多問一句已感同身受。

記得一開始，當大家以為年輕的四期癌症患者是稀有動物，但隨着群組的人數增加，漸漸發現四期竟然佔了群組人數三份一以上，而當中全部都是三十五歲以下便確診。那種罕有，倒楣的想法漸漸退去，取而代之是一種他鄉遇故知的感覺。與其稱呼自己為四期癌症病人，倒不如叫「四仔」既簡單又來得親切。這群深明人生苦短的四仔除了醫病、覆診，主要的工作是休養生息，享受不知還餘下多少的人生。當各位的親朋戚友在往死裡忙的時候，獨自去偷歡的幾位四仔們難免空虛、寂寞、凍。正正是這份不為五斗米折腰的精神讓 Niko、Teriver 和 Tiffany 變得熟絡。

超級熱愛旅行

曾聽說很多人的回覆，假如患上末期癌症，第一件事就是辭職環

遊世界，人人都說患上末期癌症就環遊世界，難道每個都想患上末期癌症時才環遊世界？又或者現實中患上末期癌症，身體上，情緒上還容許你旅行嗎？

四仔，無獨有偶，在確診後沒有人立即環遊世界，雖然部份原因基於當時疫情肆虐，但更多是因為在現實中的癌末世界沒有你想像中那麼瀟灑，看似離死亡這麼近，但同時又那麼遠。

身體上的各種不適，消沉的意志，看不見盡頭的治療，的確會消磨生活的熱度，對人生的期待。即使病情穩定，亦會為到復發、抗藥等的思緒所纏繞。能做到思想上浴火重生所以跨過的關卡，其實比一般人想像難的多。

七日內組團成功

　　某次閒聚，難得見到大家尚算精靈，正直開關之時，再加上機票突然降價，我們就膽粗粗，決定成立一次只有癌症病人的旅行，一方面想打破大家認為癌症病人只能安在家中休養的固有思想，同時想向同路人打打氣。即是醫學上被定為四仔，也不是生命的終點，你仍然有資格為自己活得精彩，甚至比病前來得更即興更有趣。Tiffany 立即發訊息給多幾位癌症患者，大部份人在地點都還沒確實，亦不知道誰是團友的情況下，立即答應。即使相約相熟朋友，都從來未遇過如此爽快的答覆。所以在不足一星期內，我們已經定立了日期和目的地，整裝待發。

　　過程中看似順利，但當中有數位受邀的成員都因為身體上發生狀態，最終未能隨團。癌症路上要應付的不單是身體上的不適，而且需要預備接受未能預知的不確定性，光帶着這份勇氣去答應一個旅行已經不容易。

　　最終我們有七人成團，當中包括病情不穩定，剛完成幾次化療電療的 Tiffany、剛完成鞏固鏢靶治療的 Clark、正在服食鏢靶的 Teriver 和 Niko、還有已經康復的 LamK、Jasmine 和在影片中並未露面的 R 小姐。

2.2

比起行程，更在乎回憶

在計劃行程的過程中，跟一般旅行最大的差異是必須要照顧到不同四仔的身體和飲食需要，例如腳上做過手術的 Jasmine 不能踏單車、行動不便的 Tiffany 不能走太多路、奉行生酮飲食的 Teriver 需要格外留意食物的選擇。而在整個旅程擔任行程主導的 Niko，把各位團員的需要都照顧周到，令到在大家的能力範圍之內仍然可以享受旅程。

的確，在確診後，因為藥物、治療或種種原因令到身體和生活習慣有所變化，這些變化亦直接影響旅行的安排，例如通宵凌晨機已經不再在考慮範圍內、路邊攤、生食類的食物亦要格外小心。比起以往大無畏的精神，四仔們顯得特別珍惜生命。在外人看來，以這個方式旅行或許很多掣肘，但各位四仔卻慶幸仍然用自己的方式去創造開心的回憶！

於是我們在群組提議了幾個亞洲旅遊地點然後投票，很快便通過泰國清邁這個選項。當時十分巧合地看見機票優惠推廣，便逐一搶先鎖定價格，很快定了機票準備出發。

MM隨團拍攝

　　住宿方面，我們想在旅程中有更多不同的體驗，今次由 Niko 精心安排：有在清邁市中心的大屋別墅、青睞山中河邊的精美 glamping 小屋、山上廣闊美景的仙氣酒店，和擁有私人泳池的豪華酒店等等。由於我們個別有幾位四仔是初次見面，所以在頭幾天我們先住在大屋別墅，可以多點一起相處的團體時間。

　　交通方面，今次我們請到了 Willy 作為全個旅程的司機。他是一位操純正流利普通話的泰國本地人，相處之間他非常喜歡搞笑，亦非常樂意作為旅遊大使一般帶我們遊清邁。相比於我們四仔的隨心他總是比我們着急時間控制方面，旅程間幫我們預約了一些活動，又帶我們吃了很多地道美食，甚至在他特別改裝的豪華旅行車與我們一起卡拉 OK，讓我們真的感受到一種地道式的熱情歡迎。

　　雖然我們這次旅行以休閒為主，但是也希望安排幾個比較刺激的項目，經過一輪商討之後我們決定參加 Zipline 和滑翔機，亦希望天公做美有好的天氣可以順利參加這些活動。

　　出發之前我們與 MM 團隊先來一次見面，同時事先拍下我們商討旅程計劃和一個出發前的訪問。由於這次旅程他們會隨團拍攝，所以所有行程他們都會一同參加。我們亦整理一系列住宿和行程資料，好讓他們可以順利地安排拍攝與個別訪問時間。

2.3

四仔地獄笑話的由來

我想每個人都會有「地獄的時刻」，說話很刻薄，想法很不恰當。用幽默來包裝我們的悲傷和憤怒，這就是 memes 和地獄笑話的來源。

《四仔旅行團》之所以這麼地獄，或許是因為在某種程度上，我們每個人都經歷了類似的困境，可能都有一些難以言喻的經歷和苦況。在地獄笑話中，我們能夠共鳴，知道對方同樣明白我們的苦況。

正如我所說，每個人都會有「地獄的時刻」，很多人會選擇將地獄的想法藏於心中。也許是因為害怕冒犯到別人，或是擔心說出來會讓大家感到尷尬。就像英文中的一句諺語所說的那樣：「Elephant in the room」，就像大象在房間裡一樣顯眼，但卻被大家忽視了。這個隱喻描述了某個明顯存在卻被集體視而不見、不願討論的事情或風險，或者是一種對於明顯問題不敢反抗爭辯的態度，使得人們刻意選擇視而不見。也有很多人會選擇將自己的負面情緒藏於心中，不願意與他人分享。《四仔旅行團》正是在這種矛盾中找到了平衡，能夠說出大家不敢說出口的想法，同時又不冒犯到別人。

為何地獄笑話不會抵觸別人的底線？可能抗癌之路對某些人來說已經是在經歷地獄，在地獄裡說出地獄的話自然有光環的加持！

轉化成幽默感

我們每個人都有自己的地獄，那些難以言喻的經歷和苦況。在《四仔旅行團》中，成員們找到了一種平衡的方式來面對自己的困境。我們選擇用幽默和笑話來包裝我們的悲傷和憤怒，這就是地獄笑話的來源。這些笑話不僅是一種表達方式，更是成員們之間的共鳴點。因為只有走過地獄、適應了、消化了，我們能夠面對它，才能夠將這些地獄笑話說出口。

地獄笑話之所以能夠打動人心，是因為它們蘊含著對於生活中經歷的諷刺、苦況和人生觀。這些笑話讓成員們能夠釋放壓力，同時也向世界展示了我們曾經經歷過的困難，並以此獲得力量。這些笑話成為了我們之間的連結，彼此交流、支持和鼓勵。在旅行的過程中，成員們學會了面對生活中的挑戰，並以笑聲戰勝困難。我們發現幽默和樂觀的力量，讓我們更堅強地面對疾病，並希望鼓勵其他癌症病人以及他們的家人和朋友也能夠擁有相同的勇氣。地獄笑話成為了成員們之間，甚至乎癌症病人之間的特殊語言，也許只有我們同路人才能夠完全理解當中的含義。即使身處於地獄，笑聲和幽默也能帶來力量和支持。

正如在拍攝中我們所提及到，地獄笑話是一種人生態度。越害怕那件事情就越要拿他開玩笑。雖然可能是一件很辛苦的事，但我們更加要在這痛苦中找一點甜，去苦中作樂，去與同路人苦中共樂！

2.4

可以笑的話不要哭

可能有人會問地獄笑話如何幫助成員們面對疾病。我認為最重要的是心態，好像雞先和蛋先的道理，有正面的心態才能說出地獄笑話。與其話地獄笑話幫助我們，倒不如說地獄笑話已經是我們生活中的一部份。百無禁忌應該就是我們的相處之道。很多話題也很難與身邊的家人朋友去分享的時候，既然遇上同路人為何還要有那麼多的顧忌。

在 MM 的拍攝中，相信大家在播出的片段已經看到我們用地獄笑話交流的樣子，在這裡悄悄告訴大家，鏡頭以外有更多不能出街的片段！雖然每個成員都能夠正面地看待自己患癌的事實，但我相信大家都少不免仍然會有顧慮的情況，憂心的時刻。

樂觀面對悲觀事

LamK 是年紀最小的團員，在鏡頭前也沒有任何包袱和顧慮，總是可以肆無忌憚地說出不同地獄笑話。與其對不能控制的事情提心吊膽，倒不如既悲觀又正面地去面對它。悲觀並不是一個消極的態度，而家知道事情最壞的情況為此做足準備，即使有機會發生好的事情也要正面去面對。在網絡上進行搜索，這種心態可以稱為防禦性悲觀。

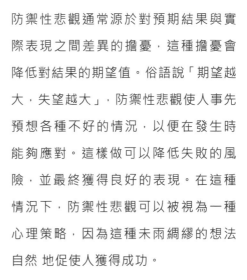

防禦性悲觀通常源於對預期結果與實際表現之間差異的擔憂，這種擔憂會降低對結果的期望值。俗語說「期望越大，失望越大」，防禦性悲觀使人事先預想各種不好的情況，以便在發生時能夠應對。這樣做可以降低失敗的風險，並最終獲得良好的表現。在這種情況下，防禦性悲觀可以被視為一種心理策略，因為這種未雨綢繆的想法自然 地促使人獲得成功。

Tiffany 的身體狀況比較不穩定。對她來說，每天的活着也是一個 bonus。與其在病床上活多幾年，倒不如在剩下的日子追求生活的質素。她「遊戲人生」的態度令她生命中的每分每秒也在發亮，因此地獄笑話對她而言反而有一種何樂而不為的感覺。既然不會對自己或他人作出傷害，然而有可以因他人而獲得快樂，為何要因一些傳統的價值觀而掣肘自己呢？

學習生命之無常

Niko 面臨突如其來的末期肺癌，但上天眷顧她能夠依靠鏢靶藥物控制病情。相較於一般的癌症患者，她暫時不必經歷艱辛的化療過程。然而，作為別人的太太和母親，她仍然承受著巨大的心理壓力。Niko 是一位典型的職業女性，同時也是一位喜笑顏開的大笑姑婆。她時常能毫無保留地說出自己的想法。她常笑言：「我哋拎白卡（傷殘人士登記證）咖嘛！」對於她來說，地獄笑話是一種宣洩方式，能夠讓她以幽默的笑話將內心所壓抑的情緒釋放出來。從前她只會認真工作，朋友之間也離不開爭名逐利，反而遇上癌症後，還遇上四仔們，讓她可以更拋開舊我，做回一個全新的自己。

Clark 是旅行團中的氣氛締造者，他的存在使周圍變得熱鬧歡樂。他是一個非常有趣的人，但搞笑和地獄笑話之間仍然存在著微妙的差別。患上癌症的經歷徹底改變了他的人生，儘管現在已完全康復，但言談之間仍然感受到他對癌症仍有一點控訴和抱怨，他坦言自己仍然在學習生命是無常的。然而，地獄笑話的力量是不可忽視的，它也改變了 Clark 的許多觀念。以前非常注重外表的他，對於化療後的脫髮也有很多擔憂，但現在他經常拿自己的光頭開玩笑。在我們的四仔旅行團社交媒體上，也有很多以 Clark 光頭為主題的內容。Clark 正是一個例子：當你能夠完全面對自己的困境時，你就能夠說出地獄笑話了。

地獄笑話是一種信仰

Jasmine 對運動充滿熱情，但癌症康復後卻影響到她的日常生活和活動。作為一位年輕的癌症康復者，她需要重新適應和學習如何行走，相信這對她來說是一次巨大的打擊。在經歷了無數的治療、手術和康復練習後，她與當年同患骨癌的戰友建立了深厚的友誼，並意識到互相支持的重要性。如今，她成為了一位從事癌症相關的非牟利工作的專業者。儘管外表漂亮文雅，當面對我們的地獄笑話時，她也能輕鬆談笑。她可能不是第一個講出笑話的人，但絕對是最快反應的人！

Teriver 是一位談笑風生的音樂人，在患癌後的他搬離市區，生活和工作也被音樂包圍着。它有認真工作專業的一面，很難想像現實相處中他卻也有「口沒遮攔」的一面。當事業蒸蒸日上，卻突然面臨死亡的恐懼。Teriver 的末期肺癌由罕見的基因突變引起。在香港當時沒有相應的治療方法和藥物，十萬個幸運剛剛有臨床計劃可參加，病情得以扭轉。Teriver 沒有宗教信仰，冥想和瑜珈是他調節身心的方法。他將身心平衡放在生活的首位，每天先照顧好自己的身心靈，觀察自己是否有不適之處，進行瑜珈和靜觀。地獄笑話可能在某種程度上成為了 Teriver 的一種信仰。正正因為患癌的經歷，令他看透很多事情，不再執着。所以能毫無顧慮，直言不諱地說出地獄笑話！

成為同路人的借鏡

MM 訪問中沒有露面的 R 小姐 —— Rebekah，是一位笑容滿面、燦爛的女生。她有著像是滿分學生般的才華，如果有考試，她應該能輕鬆取得香港最高的成績。在患上癌症之前，她非常注重工作，不管是在學業、事業上，還是她對彈琴的熱愛，以及對家人的關心，她都付出了許多心力。她總是希望能在各方面做到最好，全力以赴。

然而，癌症的出現彷彿在她的生命中插入了一個休止符，迫使她停下來反思自己的人生。雖然並非每個人都知道她曾經患過癌症，但她盡可能希望將自己的經驗分享給身邊的人，讓他們能從中汲取經驗，同時提供他們支持。她希望能成為同路人們的借鏡，幫助他們走過困難。

儘管她在心理上面臨著許多關卡需要克服，但她仍然能夠積極地融入旅行團的「地獄」中，時常能夠發表令人驚艷的言論和行動。這些經歷讓她更加堅定地追求自己的夢想，並且激勵著她周圍的人。

2.5

六天旅程的花火

當七位陌生人走在一起相處六天五夜時，究竟會發生什麼事呢？

我們這七位四仔在相處的過程中並沒有感到尷尬，相反地，我們更加了解彼此。

還記得第一天在機場，Niko、LamK 和 R 小姐在之前從未見過面。當 Niko 在人潮湧動的機場尋找四仔團時，LamK 第一個給 Niko 打電話。Niko 接起電話的第一句話是：「喂，你在哪裡？」LamK 在人海中尋找著 Niko，然而他們之前其實從未見過面的呢？LamK 是如何找到 Niko 的呢？

這樣的對話真是令人摸不著頭腦，但上天卻讓他們聚集起來。僅僅這樣的開場白就讓他們感覺彷彿是老朋友一樣，打破了與陌生人一起旅行的種種限制。當四仔們聚集在一起時，每個人都拋開了自己的束縛，在還未登上飛機之前，我們已經感受到大家已經卸下了所有的重擔，因為我們都曾經經歷過癌症的痛苦，對方早已經知曉，這種赤裸裸的痛，間接地把他們的距離拉近了多一點。

關關難過關關過

　　成為四仔成員，必須能夠接受他們的地獄笑話。曾經經歷過這樣大的笑話後的他們會覺得還有什麼不能拿出來開玩笑呢？

　　我們以豁出去的心態，讓彼此更加放鬆、更加親密。人生中有多少朋友能夠在你面前完全不顧自己，打開心扉，而你和他們之間也感到舒服呢？即使是認識了十多年的朋友，有些人也未能走到這一步，但我們四仔們可以！

　　在機場過關的時候，Lamk 推着輪椅，照顧着 Tiffany，將她帶到關愛的特別通道。一群看似健康年輕的四仔們緊緊地跟在後面。由於前方有警察看守，他們想要使用特別通道，但又擔心因為外表看起來並沒有身體上的不便而被指責。就在大家想要轉去使用普通通道的時候，一個聲音從後方傳出來，「怕咩啫，我地全部都拎白卡架啦！」原來是 Niko 在後面喊出來，接著大家爆笑起來。我們並沒有因此感到尷尬，相反地，我們覺得很好笑。就像我們的人生一樣，當癌症和其他不如意的事情發生在我們身上時，我們選擇不逃避，而是以一種漂亮的方式活下去。我們沒有掩飾自己，當我們聚在一起時，感受到了力量，就像我們優雅地過關一樣，關關難過，關關過。

在旅行中，我們經歷了許多趣事

記得第二天的晚上，我們為九月壽星 Clark 準備了生日蛋糕，當我們拿出蛋糕給他驚喜時，卻把蠟燭放了在他沒有頭髮的頭上。第二天晚上，整個旅行團已經熟絡起來，感覺有點像回到中學時代的同學相處，再加上兩位可人兒 Jasmine 和 R 小姐的笑聲，充滿了青春的氣息。

從這天晚上開始，我們的旅館每晚都會傳出快樂又瘋狂的笑聲。

旅行中，我們有些團友經常會忘記事情，然後四仔又會說：「又唔記得？化療腦啊你？」（意思是化療後有一些副作用會令人善忘）然後大家又會一起笑出聲來。化療是一件痛苦的事，許多人希望能夠忘記這段痛苦的記憶，但是四仔們卻將它轉化成笑話。

在這段旅程中，我們四仔沒有停下來的一刻，除了吃就是玩。我們創造了一個新的遊戲，叫做「猜癌枚」。遊戲的規則是結合不同癌症的名字和相對應的動作。例如，當提到腸癌時，我們會摸著肚子的位置；而當提到肺癌時，我們會指向自己的肺位置。當對方說到某種癌症時，如果你沒有做出對應的動作，你就贏了。不過，當兩癈人（Niko 和 Teriver，兩位肺癌患者）在一起玩這個遊戲時，一個說「肺癌啊，肺癌啊」，另一個接著說「無腦轉啊，無腦轉啊」。這個場面真的十分搞笑。（意思是肺癌經常會走上腦，如此可怕的事，我們

可以給他當作玩笑地大鬧），可以看到這班四仔已經徹徹底底地豁出去了。這刻我發現原來四仔們可以把恐懼轉換成笑聲和我們只懂得的幽默。

毒舌王之誕生

說到地獄笑話最多的人，非 Lamk 莫屬。他被稱為四仔毒舌，如果你能招架得住的話，一定會和他一秒做到好朋友。

在我們的對話中，我們也有許多認真的話題。例如，有些人在患病後為了生活變得飲食清淡。正當我們在認真討論這些話題的時候，Lamk 會說：「如果得返半年命，但我只可吃青菜，咁甘我會直接死咗佢好過。」現場又會爆發笑聲。一時認真的話題，下一刻又是地獄笑話，這正是四仔們相處時所具備的元素。

我們明白生命中有時會有許多不如意的事情發生，但我們要學會從中找到快樂和笑聲。這些笑聲成為了我們共同的記憶，也成為了我們面對困難時的力量源泉。我們不再讓癌症和痛苦主宰我們的生活，而是以堅強和笑容迎接每一天。

當我們每晚回到酒店後，第一時間不是進入房間，我們會聚在大廳，展開毫無顧忌的深度對話，也是 R 小姐最喜歡的環節。如此的對話，既真誠又赤裸，四仔們是無所不談的。

有種友情比愛情還要濃

我們當中有位肌肉健碩的健身教練 Clark，儘管他外表強壯，但他也有溫柔的一面，非常懂得照顧別人。四仔當中有三男四女，但性別並沒有讓我們感到距離或避忌。我們會用同一支飲管分享同一杯飲品，想吃的時候你一啖我一口，當在街邊吃東西時，咀嚼的四仔們都想品嚐各種美食，所以會互相交換食物，有時也會餵對方，我們既不是情侶，也不是戀人，但四仔真摯的友誼卻比戀人更親密。

當我們住在山區的民宿時，由於女生的洗澡地方是露天的，因此她們會到男生房間內洗澡。僅僅幾天的時間，我們已經建立起如此深厚的信任和友誼，這並不是一件簡單的事情。相信這是因為我們共同經歷了癌症，突破了很多的界限能夠建立信任和支持彼此。

四仔旅行團讓我們看到了樂觀和幽默的力量，儘管每個人都經歷了癌症的痛苦和挑戰，但我們選擇以積極的態度面對生活。我們相互照顧，互相支持，並且在笑聲中度過每一天。這趟旅行不僅讓我們放下了病痛的包袱，還讓我們重新發現了生活的美好。

chapter #3 MM以外的 獨家訪談

今次四仔旅行團，

有幸得到 MM (Mill Milk) 團隊隨團拍攝與訪問。

他們非常仔細地準備訪問問題，

非常細心地切入四仔中的患病心態和生命觀，

讓大眾能夠從不同角度感受及理解癌症病人。

3.1

Teriver：我，要與癌共存！

T：Teriver

P： MM Phoebe

P：你治療的過程是否媽媽長時間都在你旁邊陪著你？

T：那時候我不能出門，在家裡父母非常用心照顧我。我爸爸餐廳那
邊有一個拍檔叫小麗，她是越南人。當她知道我出了事，她整個
治療時期差不多每天都過來幫忙，煮了很多不同風味的越南食
物，甚至會幫我按摩。沒有想過當我有病時，有些人跟我非親非
故會這樣關心我，是很感動的，真的是患難見真情。

P：那時父母的心情和情緒是怎樣？

T：我想我媽媽會比較緊張，你會感覺到她抑壓著情緒照顧我，但這
是愛的表現。爸爸比較務實，集中精神想怎樣處理當前問題，某
程度上都幫到我。

**P：你現在回想那時看到爸爸媽媽這麼辛苦，你會否覺得有一種愧
疚？**

T：我沒有愧疚，只是感動。我不是這種人，凡事都喜歡一笑置之。
有段時間藥物反應很嚴重，我全身抽筋到得像喪屍，口腔也完全

潰爛。吃飯時候，我突然傻笑起來，媽媽問我「係咪黐咗線？」我回答說突然覺得我的情況悽慘成這樣，也很搞笑，可能這個就是我的性格，在絕境的時候我的性格就更能顯現出來。

P：本身你的性格都是這樣，還是有些事令到你更堅強，更樂天？

T：我不敢說自己很堅強，但我自己覺得選擇不多。我知道要好好處理這件事才有機會生存。我覺得我是比較實際的人。不是因為我堅強樂天才能逃出生天，反而是因為我想生存下去，所以沒有選擇，只能正面面對。

選擇權

那時我做了很多救回自己的重要決定，例如曾經有幾個醫生的意見我沒有接受，又例如關於 NGS testing，我有一個好兄弟，當時特意找他在 zoom 講解了一堂關於我要做什麼 test。他說我的病要處理得快，但不能急。不是要立刻衝出去治療，我需要盡快去治療，但更重要的是一定要選對方法，所以要做對的 test。他的意見救了我。當時我聽了第一位醫生的意見，是提議不用去做 NGS test。我沒有採納他，而決定去見另一位腫瘤科醫生，然後去做這個 test。當然有很多幸運的成份，但我認為也是基於我有認真思考我為數不多的 options。

P：醫生有沒有告訴你說剩餘的生存時間？

T：沒有，如果你不去問，醫生通常不會說這些。就算你硬要問他「我還有多久？」他回答的是統計數字，就是中位數。我沒有問，也不想聽這些。我知道生存率低，但同時明白原因是之前沒有這麼多先進藥物，所以數據應該是正在慢慢提升。

P：經歷過生病之後有沒有很大的轉變？

T：其實病之後我整個人已經轉變了。人們都說現在是第二個「你」。有些人沒有見過以前的我，覺得我從來都很平靜，我以前都可以是很……我都年輕過（笑）。

第二個我

2020 年 11 月，我還是剛剛吃了新藥一個多月的時候，已經清理了很多肺部的陰影，剩下不是很多腫瘤，也縮小了很多。那時候我已經沒有再咳嗽了，甚至已經可以正常地生活。但是我身體還是比較虛弱的，因為始終都元氣大傷。剛巧在活動中我認識一位教瑜伽的朋友，於是找她上課。第一課的時候做了十五分鐘，我已經在喊救命了。「神經病，現在在做甚麼，這麼辛苦的？不是拉一拉而已嗎？」但是做完之後大休息時間，我感動到有點流淚。我覺得是因為我的身體可以做到比較高強度的運動，已經是一個祝福，我因此覺得很感動。做瑜伽也會帶來一種愉悅感，慢慢我喜歡追求這個感覺，就一直做了。

那時候我需要找回自己，我更需要沉澱，去找回我究竟是想怎樣生存下去，怎樣去面對生命，我需要慢慢想去找到一個快樂的平衡。我決定去轉變思想方法，聆聽自己身體究竟想要什麼，因為我以前一直想在外在世界找到什麼，去追求一些滿足。但到頭來我發覺，滿足應該是來自我自己的內在。新藥開始後看第一次報告，腫瘤大概不見了七成。那天我就去了海邊坐著望天，望了很久。我開始明白什麼是真正的快樂，我覺得不再需要在外面找，而應該是向內，我想學習怎樣去深入地探討和認識自己。

「不完美」主義

對其他外在的東西，現在我是處於一個很放鬆的狀態。想做的事，完全是享受過程就夠了。其實我以前發錯力了。我觀察到外在因素帶來的高興感覺，但也明白到這個快樂是暫時性的。心中不在意也不用抗拒（去迴避名利）。我人生最開心的時間就是這幾年啊！以前經常覺得我要做到甚麼才會快樂，因此我錯過了很多東西，犧牲了每天的生活質素，忽略了身體的真正需要。原來當我好好照顧自己的身體，感覺可以這樣好。我以前不明白，因為我沒有好好去感受過這件事。

P：現在你的身體狀況如何？

T：真的好過以前。首先我運動多了，沒有夜睡，沒有喝酒，改了所有不良習慣，所以現在身體的感覺從來沒試過這麼好過。

P：與癌共存是不是就是你現在的狀態？

T：是啊。四期嚴格來說沒有一個康復的定義，所以最好就是共存。其實我現在剩下的主要是兩顆都是 mm 的大小尺寸，其實有和沒有我自己都覺得分別不大。就算影像上照不到也不代表沒有。有些病人會很糾結於一定要完全清掉，好像要追求一個沒有癌細胞的純潔身體。但是我一向都不相信完美，我是比較擁抱那種不完美性的人。所以對我來說，有和沒有，只要我這個時刻活得開心，其實根本沒有分別。因為就算清掉了，也可以復發，不清掉

癌細胞也有機會可以不生長。我覺得關鍵是你自己怎樣看待事情。細胞都是你的，跟它對抗無意思。我都是想找一個相處的方法，我死了你都不能生存，所以大家給面子 Ok？我想與癌共存就是這件事。

P：你現在身體有沒有不舒服？

T：完全沒有。所以我覺得很有趣，雖然我叫四期，但我連周身骨痛都沒有。我已經三年沒有病過，連傷風感冒都沒有。我以前的鼻敏感也自從搬到坪洲之後沒有了。我以前真的沒有照顧好自己，可能我真的不適合在城市生活太多。我也發現我只要熬夜就會生病，所以我不再熬夜，以後就真的沒有那麼容易生病了。

P：你沒有遺憾嗎？

T：其實那個音樂會之後我就覺得沒有遺憾了，我覺得是很漂亮的一個結局，因為我那時候我的願望都是想有一年時間，可以安排到所有的東西，交接得好一點，做完之後我覺得好像一身輕。尤其是能在舞台上跟我的救命恩人說聲多謝，我就覺得此生沒有遺憾了，現在的我完全就是在打風流波了。

3.2

Tiffany：活過了死期，所以我每一天都賺了！

T：Tiffany

P：MM Phoebe

P：2019 年剛確診的時候，你的心情是怎樣的？

T：晴天霹靂！從頭到尾我都沒想過這個年紀會有癌症。第一件事我都問醫生：「我是不是做錯了什麼？是我生活上在哪一部分出錯，令到我在這個年紀會有這個病呢？」醫生那時候都說：「是不幸。」確診那一刻當然需要時間消化，也是我患病最崩潰的時期。我要跟家人交代這件事，又好像整個人生被打亂了，所以很徬徨。醫生跟我說要做什麼治療，提到一些副作用和永久性的傷害。那些副作用好像兩張 A4 紙一樣長，好像做完比不做更差。那一刻，我很希望有一些跟自己差不多年紀確診者的參考，但找到的資訊全部都是過了四十歲的女士談及自己這個病的經歷。我當時才二十七歲，而我（接受治療後）則可能要比一般女性的更年期早到二十、三十年。

從谷底掉到另一個谷底

電療似乎是必須要做的，基本上整個卵巢和子宮是無法使用了。雖然我不是特別想生小朋友，但是要完全剝奪了我這個選擇權，不單止對我是一個打擊，對我身邊的伴侶也是很不公平。當時，我會想很多，以及連帶一系列的恐懼。我努力接受治療，感受到希望，但治療之後卻發現已經擴散了。醫生也告訴我，如果不繼續接受治療，可能只剩下幾個月的命。

P：中間的心情應該轉變很大！

T：其實這個反而沒有那麼厲害的。當我第一眼看到報告的時候，雖然一定會不開心，但由確診當刻，我已經解決了我對死亡的不安。在我的腦海裡：「搞錯，這麼辛苦做了化療電療，半年都不到就擴散了，浪費了我捱過的時間，早知不要做治療。」好像自己給了很多努力但完全沒有成果的心態。那一刻是第一次真正意識到，有些事情不是你給了努力，就一定會有收穫。那個對我影響很大，但心情又不是很難平復，只不過由確診時候一個谷底再掉到另一個谷底，反而不是太難過，自己也很快就已經消化到事情。

我記得確診完之後的第二天，約了去行八仙嶺。那時候我還沒行過這段山路，當天還有一點錯誤的判斷，晚了出發。我以為八仙嶺很容易行，實情是很辛苦的行山路徑。我一直走，也想了很多，以為過

八個嶺就完結了，原來之後還有兩個小時的路段要走。那八個嶺原來不是最辛苦，之後的山路才是。這跟我的病情好像有相連：我原以為捱過電療化療的辛苦後就會一片天晴，但根本不是。中間有很多未知，有很多出 ups and downs，就好像在地圖上看不清楚，還是不停地衝向前走一樣。

沒有遺憾與不安

不知道自己還要走多久，到最後可以在下山之前衝到谷底。那一刻突然覺得，連我一個所謂末期癌症病人，都完成了這個八仙嶺。原來我不需要被局限於這個身份，這個只是一個標籤。我不覺得自己是一個癌症病人，或者我發現自己的能力比一般所謂末期病人好像高很多。我不需要被末期癌症病人這個稱呼去限制自己。我只要按照當下身體的情況下就可以去做任何事情，所以一走完那個山，我已經完全開懷了。

P：做化療最辛苦的是甚麼？

T：首先，我低估了化療的破壞力。原來化療的辛苦跟我想像中的落差很大，打完第一針，我完全好像死了一樣。然後我就要拖著這垂死的身軀過兩個月，每一天都好像很漫長。我看著日記，心想該怎樣熬到完成那一天？那兩個月對我來說是很長很長，我每天都在咬緊牙關，我完全不想吃東西，長期好像都有一些東西頂著喉嚨，流質飲品都不想喝，只想著口中含著寶礦力來吊命。吃東

西只是為了不死而去吃，而不是想去吃，所以那時候我真的覺得很痛苦，再加上電療也有一些身體上的不適，去廁所會很痛，因為破損了。這些情況，我只好死撐下去，那種辛苦，醫生也幫不了你。給了止嘔藥，只能使我不吐出來，但那個不適仍然存在。

P：**你剛才提到其實最需要解決的是對死亡的恐懼，記不記得那時候你花多少時間去解決這問題？**

T：聽到醫生說我有癌症那一刻就已經覺得，我是不是要死了。我開始想，如果這一刻死了有沒有什麼遺憾？我還有什麼未做？那時候我覺得自己很幸運，有一份自己很喜歡的工作，身邊有我很重視的朋友，男朋友和家人，他們都對我很好，我也去過很多不同的地方，即使我要離開，已經沒有什麼令我覺感到遺憾，對死亡的不安亦隨之放下了。

活下去的動力

P：**你會繼續去旅行嗎？**

T：我不敢作太長遠的計劃，之前比較穩定的時候，我還會計劃六個月內的事情，現在我只會計劃兩個月內的事情，因為自己情況有變。

P：**但為什麼還會堅持要去旅行這件事呢？**

T：我覺得每當我知道我接下來會有一個旅程的時候，即使我身體那一刻的狀況不理想，它像給我一個目標，要向前繼續衝，因為我

很想去到這個旅行，所以我要克服我現在身體的狀態，給我不要放棄的動力。老實說，每個人尋找生命的動力都不同，我剛才說過我沒有遺憾，也沒有什麼死前一定要做的事。我覺得某程度上就像放一顆糖果在我前面，我會設法抓到它，縱使我隨時都準備好死亡，但不代表我沒有動力推動自己繼續活下去。

P：有沒有一些事情是你想不通的？

T：我想是痛的時候。很痛的時候真的覺得：「為什麼我要這麼痛？」我有宗教信仰，就會問：「為什麼要承受這個痛呢？我真的不明白。痛一天兩天就可以了，為什麼要痛這麼久？」

經歷同理心

還有一件事，假如我要做一個病人同行者，我需要體會到別人的感受。現在的我跟一年前做訪問的感覺一點不同。因為那時候我還沒痛，現在我就很明白，為什麼有些人會痛到想了結自己生命，不想再活下去，我也會有這個念頭閃過。我不是想自殺，但是當刻很想自己的生命快點完結。「如果我今晚睡著了，我明天不用睜大眼睛就好了。」現在我明白到這種掙扎，當將來有人這樣跟我分享的時候，我會對他多了一份理解，更加體貼地觸摸到對方的感受。從而可以，不要說是幫到他，只是去明白他。

P：整個四仔團最觸動你或者覺得令你畢身難忘是甚麼？

T：其實整個旅程都已經很難忘。可能在鏡頭前不容易察覺，但我還
是一個有情緒的人。我的朋友會覺得很神奇，為什麼我去參加這
個旅程，因為真的要和一些比較陌生的人去。我自己出發之前也
有點緊張：「糟糕了，我這次自己拿屎上身，要和不熟悉的人去
睡同一張床，去同一個旅程。」但是這班人真的比我想像中更加
一見如故，在機場時已經是好像和一堆很熟的朋友去旅行。

　　最難忘的我想是⋯⋯Jasmine 那一晚突然提到我的病情而哭，原
來她是這麼上心。她在癌症資訊網工作，見到很多情況差的病人，我
沒想過原來她會因為見到我情況差下去而這麼不開心。她是一個已經
痊癒的病人，日常接觸這麼多病人，會不會麻木了？但是原來沒有，
那一刻我很感動。

我看見彩虹

P：會不會覺得整個旅程有很多冥冥中的事件（譬如突然間有彩虹）？

T：我經常覺得我去的每一個旅行都是一個祝福，過程中讓我看到有很多恩典和祝福。譬如之前的旅程不知道為什麼我會能夠去到，今天的旅程也是。見到彩虹的時候，真的很感動，因為彩虹對於我的信仰意思為應許的盟約。剛剛做化療的時候，很多人為我祈禱，他們會說：「總之你一定會康復。」

回想經歷化療的時候，剛好那天全香港都看到雙彩虹的時候。對，當時就只有我一個看不到，那一刻真的很灰。我自己懷疑說：「是不是我接收錯（上帝的旨意），其實我可能不會康復，不如早跟我說讓我有心理準備吧！我還可以的，我不怕死亡。」這是我心裡的想法。然後，旅程的第二天早上，我看到整條彩虹出現在房間外面。那一刻真的很感動，因為我覺得這個是神給我的一個保證：「不用怕，你走過一切，但是一定會康復。」

我宏觀一點看，其實我的狀況越來越差，有時候自己也說：「你用不著玩這麼大，是不是真的，我沒有看到自己好轉過。」有一天剛好說完生死的題目，然後一轉頭就出現這條彩虹，好像又再提醒我：「這個保證一定會出現。」所以那一刻我都很感動。對我來說這是一個奇蹟的保證。

感謝自己努力嘗試

　　玩滑翔機那天，早上本來下大雨，真的很大雨，一路上司機都說可能玩不到。但是當我們到達目的地，雨就停下來。當我飛上天空那一刻，就連太陽都出來了，所以我也覺得真的好像有很多祝福一樣，我想玩的東西一定能玩到。陽光照下來那一刻真的覺得：從來都沒有人保證過我沿路是沒有風雨的，但是我感到，只要有信念，有信心，終有一天我是會見到陽光的。風雨越大，我才更加覺得這個陽光是來得多麼燦爛。當飛過那個天空的時候，其中有一個位置有點雲霧，然後我們穿過就是一大片水塘，看到太陽。那時候的感受就是：無論再大的困難，我的祝福和恩典是足夠讓我跨過所有東西，我是一定會見到這個最終的曙光，自己都是在緊握著這個信念去過我的每一天。

　　但是，有時候真的很容易就會失去信念，痛是很實在的，是真的實實在在地每天都蠶食著我的意志。我只可以依靠我身邊的人，以及每一天我擁有的東西，去填補這些折磨，維持我的信念。

P：會不會覺得有點可惜，有些以前你會玩的，現在不能再玩？

T：一定會有！但是我也很慶幸，什麼都敢試，譬如之前二月的時候，我第一次去滑雪，那時候其實有掙扎過，因為我剛剛才做了一個小手術，但醫生說 OK，我就照樣去試玩。很慶幸當時自己肯去試，因為現在的我是不可能再滑雪的了。其實，我不會花時間去後悔自己做不到什麼，而是很感謝以前的自己盡力試過很多

東西。現在能享受現在能力範圍的東西，就已經很足夠了。有些人會覺得，可以等明天好一點才做，但是我的明天可能是更差的。今天能做到的事情，比如今天可以走一條街，明天可能只可以走半條街，所以我在這個不穩定的情況，我只可以繼續享受我每天做到的事情。

樂觀不是過程，而是結果

我已經活過了死期，所以我每一天都是賺了。我不是很害怕死亡，反而是中間要犧牲的東西，又或者一些會影響自己人生優先次序的東西，比較重要。

P：那你現在人生優先是甚麼？

T：我想是和自己珍惜的人相處的時間，這是我的優先。以前，我都是那些吃飯會不停看手機的人，但是現在最親密的人約我，基本上我一定先把他們放第一位。我會盡量應約，還會真的享受和他們相處的那個時刻。即使我們做的事不是甚麼特別的，可能都是吃飯聊聊天，而那一刻，真的放下手機和他們去連繫，我覺得這個很重要。和家人也是，因為家人比較貼身，他們經常多吃一些我當下負面的情緒，我很感激他們給我的愛和包容。

P：一直在看你的 YouTube ，都覺得你是超級樂天樂觀啊！

T：我自認是樂觀的。有病之後 我覺得一開始我是被迫要樂觀。當

時，我是抱著要醫好的心態，但是現在已經過了四年多了，沒可能每一天都真的那麼開心。上幾個月痛得最厲害的時候，這真的很消磨人。我覺得樂觀不是一個過程，不是說我怎樣要做到樂觀的心理，而是是一個結果。就是我自己沉澱完，然後找到一個自己舒適的狀態去面對我現在的情況。這很困難，痛這件事我今天克服了，第二天痛還是在那裡，我要用我的思想去抗衡痛楚。身體上是很難受的，我也試過有一段時間，自己坐在一直流眼淚，卻又不是哭，因為已經痛到什麼都做不到，很灰心。

不能用止痛藥治癒的傷痛

我問自己為什麼會有這個情況？我那時候才意識到，樂天不是我每天都真的很開心，而是怎樣在不開心的狀態下，擁抱自己那個不開心，明白自己有這個情緒，把它消化放下再繼續走。其實我很少放負。首先我會覺得每天跟別人說有多痛是沒用的，在這件事裡沒有人會幫到我，即使跟醫生說也沒有用，因為不就是食止痛藥吧！別人不會明白你當下的那種痛，而當每段時期的痛都不同，我很難一一去詳盡去列出。我認為將這情緒帶給別人是沒有建設性的，所以我在影片中也不會說這些東西呢！我現在也在學習怎樣適當地把這個情緒告訴我身邊的人，純粹告訴別人我現在不是處於最好的狀態。當朋友問我最近身體如何的時候，我就會答：「真的不是很好，因為我的痛令我睡得不好，使我最近沒甚麼動力。」自己也要摸清楚自己的不開心是來自哪裡，才可以講出來把壓力讓朋友分擔。

　　而那個痛的情況影響到我日常活動的時候，就會很影響我的動力，就會比較消沉。當我跟朋友說這些的時候，他就會明白，可以用他的方式給你支持。我覺得這種是有建設的情緒交流。我以前不太理會情緒，覺得情緒是沒用的，要將所有情緒放下，才可以有效地達到目標。所以我不懂得了解別人的情緒，是我的缺點。經歷了這些事，我可以靜下來慢慢地觀察情緒的湧現，現在我會更加能了解到別人。

P：你和男友有討論嗎？還是大家以為彼此已接受了，會明白的？

T：其實我經常覺得身邊的人永遠都不能做到 100% 的理解。即使他們理解，他們也未必能接受（現實）。反過來，我也不能接受，所以我寧願自己承受治療身體上的不適。自私一點說，我偏向不想太辛苦。我做這個選擇，因為最終我真的可以「拍拍囉柚」離開。離開了，自己不會覺得傷心，但是留下身邊的人，他們要承受失去我的痛，這是沒有止痛藥可以治療的。

　　我不會特別去逼他們要接受我隨時都會離開的事實，但是我會盡力好好地活，譬如我吃多點保健品，或者我去做不同的治療，某程度上做出來是為了讓他們安心。我媽媽開心，她看到我做治療的時候，會有一個希望。我跟我男朋友，都沒有特別坐下來討論，因為我想對於他來說，這還是一個很大的禁忌，或者是情感上，他不是那麼想坦然地談。我明白他想什麼，他也明白我想什麼。大家未必會有一個共識怎樣去面對，而我也不需要有什麼特別的共識，只不過盡量陪伴著已經是最好的了。

3.3

Jasmine：難得有第二人生，不想再重蹈覆轍，我選擇慢活！

J：Jasmine

P：Phoebe

P：化療對你最痛苦的是什麼？

J：化療中最痛苦的不只是掉髮，而是必須留在腫瘤科病房的日子，想像一下數天無法回家，無法洗澡，多麼邋遢骯髒。我的療程通常需要留院一至兩星期，甚至試過最長三星期已經要繼續下一輪的化療，每天無所事事，只能默默等待醫生宣告「你可以出院了！」感覺挺難受的。某程度還因為腫瘤在腳上，加上曾經在家不小心跌倒過，醫生建議我使用輪椅直至手術。一日三餐、大小二便都在床上進行，完全像一個廢人，體會到輪椅人士在日常生活中面對的困難，有很多事情自己無法完成，經常需要別人的幫忙。

P：你覺得令你最大壓力或者最難過的其中原因，是否擔心自己成為別人的負擔？

J：坦白說會的！我一直是個內斂，不擅於表達情感的人，常常過於在意別人對我的看法，所以經常把真實想法和感受藏在心底，除

非對著熟悉的人。在抗癌路上家人是我重要的後盾，他們陪伴我走過這段艱辛的旅程。我有個哥哥，雖然我們關係不算太親密，但因為他從事醫療行業，在我確診後給予了很多幫助，包括好快安排各種檢查、解釋報告和見醫生等。患病時媽媽是我的主要照顧者，照顧我起居飲食，想吃什麼都會盡力滿足我的需求，陪伴我進出醫院。我記得手術時間突然提早，但爸爸媽媽早就在醫院等候。他們已經承受著很多的壓力，因此我會盡量避免在他們面前表露情緒，以免加重他們的負擔，就算哭也是一個人在醫院夜闌人靜的時候哭。

P：但是你在四仔面前哭了！

J：可能我覺得在他們面前我可以做自己，甚至是向他們展現脆弱，正因為大家都身同感受，很自然會理解大家。

P：你覺得過程裡面會不會有虧欠家人的掙扎？

J：我想多少都會覺得有些虧欠的感覺。我小時候較反叛，成年後也常忽略了父母的感受，把他們無私的愛與付出視為理所當然。治療過程中有很多痛苦的時刻，情緒起伏不定，有時會無意中傷人。雖然我不知道如何表達，但父母總是無限包容並伴在身邊。

爸媽每次都會等到探病時間結束才捨得離開，爸爸會在病床前念經祈禱。雖然我那時未有信宗教，但因為爸爸的舉動，我會手持唸珠，跟著唸「南無觀世音菩薩」讓心靜下來入睡。

P：你會不會覺得那時候好像所有人生最慘的事情安排在同一個時候？

J：因為當時確診只有二十五歲，正值人生黃金期，面對著各種迷惘，身邊的朋友每天努力奮鬥，為自己的未來打拼，周末就約上三五知己歎咖啡打卡 po story，而我卻被困在醫院對抗病魔，心想為何我年紀輕輕癌症偏偏找上我？為何要我承受這一切？後來我選擇與社交媒體「斷捨離」，好讓我能夠專心養病。

P：當時好起來後心態有轉變嗎？你為什麼想要幫助別人？

J：我經歷了一個 180 度的大轉變。我意識到以前的 PR 行業不再適合自己，難得有第二人生，我當然不想再重蹈覆轍，選擇慢活生活，並幫助那些有需要的同路人。康復後開始找一些 NGO 的工作，在網上偶然看到了我現時任職的公司「癌症資訊網」，被老闆創辦這間公司的理念和他的故事深深感動，膽粗粗發了一封自薦的電郵，沒想到很快就成功獲聘。老闆知道我剛剛完成治療，重新投入職場適應並非易事，建議我先從兼職做起，慢慢地適應工作。因此在頭一年我是兼職工作，一年後才正式轉為全職。

陪伴，是最好的支持

　　我想要幫助他人的原因很簡單，在我住院時，並沒有見到很多年輕的病友，幸運的是我遇到了一位年紀相若，同樣患有骨癌的戰友，我們彼此扶持。隨著工作漸久，我接觸到越來越多年輕的病友，也在康復後遇到了朋友的親人或朋友罹癌的情況，他們會主動向我傾訴尋求幫助，希望我的經歷可以陪伴和鼓勵他們。

P：短短幾年上天要你一夜之間變成大人，其實生死的課題很沉重，你自己經歷完未必代表你會走回同一個圈子去幫其他人，但因為你每天都會接觸這些人和事，你是怎樣看待這件事呢？

J：生老病死是每個人生必經的階段，也注定在某個時間點發生。或許，我比同年紀的人早經歷這個階段。或許，是上天提早給我的考驗，讓我能有更多機會去幫助別人。在被確診罹癌的那一刻，感覺自己一夜之間成熟了許多，生活也被重整，而我只能硬着頭皮向前走。對於死亡，我並不害怕。我覺得沒什麼大不了，我選擇活在當下，接受一切隨遇而安。人生時間有限，現在的心態是「試咗先......唔好俾自己後悔」，因為我永遠不知道人生還剩下多少時間讓我這樣做。

P：如果今天四仔旅行團是你的最後一天，最令你感動的時刻是......

J：我們在草地上聊生死話題，坐在一起分享生命意義時，Tiffany 說了「彩虹橋見」，天空霎時出現了彩虹。我們凝望著它，感受著

彼此陪伴，彷彿上天聽到我們的對話，給予美麗的回應。若這是最後一次旅行，這將會是一段永生難忘的回憶，不會留下任何遺憾。

P：你和 Tiffany 認識了多少年？你怎麼看待這個朋友？

J：我們相識兩年多，交情不算深厚，但每次見面總有聊不完的話題。從一開始認識她時，已經覺得她是一個超樂天和了不起的女孩，看著她飽受病痛煎熬，仍積極面對一切，過自己想要的生活。出發旅行前的兩個月，她的身體狀況真讓人擔心，但這次旅行見到她整個人精神飽滿。Tiffany 在其他人面前總是展現最開心的樣子，至少在我們這班熟悉的陌生人面前會願意展現脆弱。我想她不希望在家人面前讓他們感受到她的軟弱、難過和痛苦，或者就算說了也不能 100% 理解，但因為我們彼此有同樣經歷，她知道我們理解，不需言語，心照不宣。

3.4

Niko：不要讓癌症奪走我今天的快樂。

N: Niko

P: Phoebe

P：你還記得當時得悉患癌的第一個反應是怎樣的？

N：我躺在醫院床上，我第一次是哭不出來，全身都沒力氣，是呆了⋯⋯

P：那你怎樣消化這件事？可以形容一下當接受之後你的起伏情緒？

N：我很感恩的！因為身邊有一大堆人很支持我，真的要在這裡多謝我家人及我的好友。在這段時間裡，我去了做基因檢查，過程都很順利，遇上很好的醫療團隊及教授，很快便能吃到標靶。現在，除了輕微副作用外，一切都跟之前沒有太大的分別，反而是心情上可能需要時間去調教呢！我很快接受患癌的事實，身體縱然沒有太大的不適，但那份精神上及心理上的壓力卻令人窒息，我也差半點要去看精神科，幸好有宗教的幫助，才可讓我慢慢地走出谷底。這心理壓力直至現在不是沒有，而是慢慢地去叫自己如何面對及處理。當身體上有任何不適很擔心是在所難免，亂想已控制的癌症會又會擴散到去哪裡？每半年的檢查照 Pet CT 前又會擔心，但現在我已學會 pray for it，禱告交托祂會有最好的安排，因為生老病死，我與你誰人也不能控制。

P：你感受到與死亡最接近的不安？

N：癌症，大家都知道它可能會奪走很多東西，其實我覺得令我最害
怕的是「恐懼」。恐懼真的可以將你拉到很深很深的谷底，令你
窒息。但我經常跟自己說「不要讓癌症奪走我今天的快樂」。過
程中總會感到害怕，感到不開心的時候，我會這樣去提醒自己，
不開心一定會的，可包容自己有一些差的情緒，但我會用這一句
說話去提醒我自己。有些人問你生癌，你還有多久時間？還有多
久的命？其實真的沒有人知道！甚至你也不知自己有多久吧！我
覺得每個人的生命不是掌管在我們手上，我們可以做的，就是做
好自己，以及怎樣去過好的生活。我記得有醫生曾跟我說：「四
期 = 末期？」他覺得末期這個詞語很難聽。」然後下一秒我想
到，雖然我是一位末期病人，但沒有人有權在我生命裡寫上一個
「末」字。我當這一切都是數據而已，有時候，我會這樣對自己
很有信心的說：「醫療上的都是一些參考，很多病患者都能活得
好好的，意志力非常重要」。當然，偶然我也有跌入恐懼的時
候，又忘記了自己以上的堅定對話呢！

If you love me, Call me！Date me！

P：有沒有想過為什麼會患上癌症？

N：我有反省過往的生活，跟一般香港人一樣。年輕都會夜睡，喜歡
飲汽水食薯片，我都會喝酒，但不是很瘋狂的那種。其實跟一般
年輕人生活無異，但我覺得最致命的是壓力。

P：哪種壓力？工作？你工作是管理層的嗎？

N：對，是的！這種壓力是自己給自己，因為我對所有事情都有要求，除了給了自己壓力，亦將它轉移到家人身上。當我發現香港很多人也是這樣的時候，我便提醒自己應如何變好，我覺得天給了我一些東西，這次的癌症暫時不算令我太受苦，但過程中，令我體會更多，我可以和家人、和我愛的人在一起，我可以做我自己喜歡的事，一切就視乎你用怎樣的心態去看。

P：為甚麼會有這一個改變？現在工作，你又會如何面對？

N：工作不會擺放在第一位。錢可以慢慢賺，如果我有健康，我可以賺錢到六、七十歲都可以，當刻我會放家人做第一位，我愛我的小朋友，希望放多些時間給他，帶他吃喝玩樂，陪他健康長大，走遍這個世界才是我視為最重要的事。

P：現在花更都多時間陪家人和孩子了嗎？

N：這兩年，我將所有時間全給了他們。我學懂活在當下，最討厭的是我發現，很多人不懂得這人生座右銘，一家人在吃飯時，不是陪著你最親的人嗎？但只顧按手機。我不會，因為我不知道我有多少時間可以跟他們在一起，所以我跟他們在一起的時候，我是全程投入的。我很不喜歡人們經常說：「下次約幾時見？」，總會說下次先吧！我不喜歡聽到這句話。你不知道什麼時候是下次，因我害怕不知什麼時間會離開這個世界。所以，我會說：「If you love me, Call me！Date me！」不要到那時才後悔！我

就是想了便立即做的人，正因為和死亡曾經這麼接近，我更懂得珍惜身邊的人了。

把朋友放在重要位置

P：短短這幾天跟你認識不深，但也覺得你是一個很重感情的人，你是不是也真的把朋友放得很高？

N：對！我覺得人生裡面一定要有些說 Hi 和說 Bye 的朋友，但我如果我能跟你去玩，我也希望把你放進我心裡面某一個位置，所以我也會認真去對待每一個關係。

P：有沒有人知你有病卻疏遠你？或者朋友之間他們又如何支持你？

N：沒有人疏遠我，但這件事好讓我看清很多的關係。有些人我從前很在乎的，但當他們知道我這件事之後也不外如是，從前我會很介意，但後來我慢慢放下執着，我會想有些人或者不懂表達，又或許他們沒有經歷過我們這種的痛和難過而已。我學懂 人生當中不是每個人也成熟得可以與你同行及安慰你，當遇上了，我會額外珍惜！感恩，這種朋友多了不少！

P：可否分享這段期間朋友之間有什麼令你印象最深刻的呢？（開心和不開心的）

N：我記得有一次去完旅行回來，我很高興地上傳了一張圖片到社交媒體，大家的留言及回應也是叫我減肥，我覺得很諷刺的是，難

道我的體重有影響到你嗎？大家會否知道背後我承受著什麼副作用，導致體重上升了 30 磅呢？真正的朋友應該關心我玩得快樂，不是嗎？我覺得別人都喜歡看外表，這很愚昧。但亦都有朋友 知道我確診後很傷心，哭了幾天，我聽到最感動的說話是「如果可以，我想為你承受這個病」，這句說話可以看到她們有多心痛我。

P： (P 聽了這句說話眼角帶一點淚水說) ~ 其實你知道嘛，你是一位很值得愛的人！

N：謝謝！

3.5

Clark：我現在很豁達，接受自己的不完美。

C：Clark

P：Phoebe

P：你本身從事健身行業多年了？

C：如果要計算正式做的話，就是說確診往前計五至六年左右。

P：你說那時候割了四粒瘤出來化驗，記不記得醫生跟你說診斷的結果，你反應是怎樣？

C：不是同一間醫院跟我說的，是另一間醫院確認我患癌症的。在原本的醫院，我本來去耳鼻喉科，然後做活細胞檢測，建議我做手術。但當他們懷疑是惡性的時候，就叫我去腫瘤科，於是我直接拿了報告回家，逃跑！很害怕，很抗拒。我沒有去腫瘤科，我拿了報告去其他醫院，想看有沒有斷錯症，然後就去不同的兩間醫院，但都叫我回澳門的山頂醫院，所以我就想等這間醫院定我生死。醫院的護士看完我的報告就說：「張先生你知不知道你生癌症，要開始做化療。」我心涼了一截。我直接說不，讓我想一下，我說除了這件事還有沒有其他事情可以做，他說沒有，要起碼六次化療，不過要先檢查一下你是哪一隻。

第二天，回醫院抽血和抽骨髓，誰知道抽完骨髓就說我第四期，還進了骨髓，因為骨髓也找到癌細胞，醫生立刻要我展開化療，更要一個星期內開始！但那時候我有一個活動《行路上廣州》即將進行，是在化療日子前發生的，我問醫生可不可以讓我做完再回來？其實我心理上已經接受自己患癌，希望醫院讓我做完那個活動，回來再聽其安排，畢竟那活動是我發起的。可惜，還是沒辦法，經過多方的壓力，我停了那個活動，乖乖聽從醫生安排。

就一個星期後做化療，結果我在一個星期內講了很多次「我不能夠再操練你了，因為我下個星期開始要化療」，我哭了很多次，他們哭、我就哭。

P：當你聽到第四期，你第一個感覺是什麼？

C：覺得為什麼，為什麼是我？我以前這麼抗拒看醫生，就是想告訴別人做運動、健康飲食可以降低看醫生的次數，還有注意自己健康，其實都是負責任的一種。你身邊人不用擔心你，爸爸媽媽不用擔心你，是一個負責任的表現，我以前是這樣想的。所以那一刻，我有一點自責自己患癌症，我那時不是想着死亡，而是接受不了自己變成癌症病人的模樣，不再是滿身肌肉。以往那些令我自信的東西，突然間沒有了。我自戀，某程度上是一件好事，讓我面對所有東西都比較有自信，但那一刻全部摧毀了。

生存比一切更重要

P：摧毀之後你就一直開始做療程，那段時間怎樣過？

C：那段時間......我慶幸自己是健身教練，所以我用教練模式，把它
當作很辛苦的 HIIT，每個月都要進醫院做一次強勁的 HIIT，因
此那時候意志力及毅力很重要。

P：你當時有沒有想過自己會剃光頭？

C：沒有！有一些朋友問我為什麼不留頭髮？其實一直也有生頭髮
的，但有些毛囊真的長不回來，還會讓 M 字額更明顯，而且我
習慣了光頭，還有男人怕什麼？三樣東西：甩頭髮、戴綠帽還有
陽萎。戴綠帽和甩頭髮我都試了，我覺得我現在很豁達，哈哈！
其實，我是接受了......應該說接受了自己的不完美。

P：以前你的性格是不是都很難接受自己不完美的一面？

C：是！很在意自己的外表。以前你一定不會看到我額頭，一定有瀏
海，哈哈！

P：為什麼這麼在意外表？

C：可以說是缺陷......缺陷就是我不高，但因為健身令我有不錯的身
形，所以我想保持狀態。我常常說這個身形可以維持多久就多
久，可以說是做了健身教練後比前更加注重，當然每個人的處理
方式不同，而我的處理方式就是當時脫髮後，我常常去看自己，

畢竟接受是需要時間的，去接受自己的不完美，以及看著自己身體的變化。你用了幾年時間雕琢自己身形，卻為了化療幾個月就沒有了，當時思想變化就是覺得仍然在生，更重要的應該是轉念。

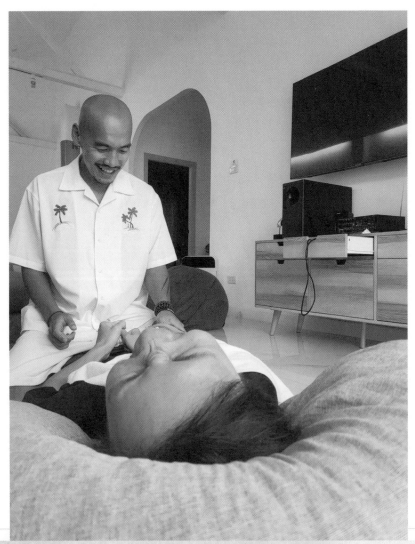

Dash給我的啟發

P：現在你的身體狀況是屬於康復了還是怎樣？

C：我康復了兩年，打完化療之後要做兩年的鞏固治療。我剛剛在這個旅程之前完成了，兩年的鞏固治療是每三個月打一次標靶，接下來就只是覆診，我不像他們需要吃藥，醫生沒有給我。

P：(訪問期間，Clark 突然咳) 先喝水，你是不是病了？

C：有一點點咳……我最近有點害怕，有什麼風吹草動都會比從前敏感一點。有一點矛盾就是，我好像不害怕，但其實我是害怕的。因此，我現在算是第二人生，我會嘗試更多事情，繼續做自己喜歡的事，但暗地裡也偶有擔憂。我要克服這個擔憂，就唯有多做點事，盡量令自己過得開心一點、爽一點。像兩個禮拜前我就夢見自己復發，然後驚醒了。我接受不了那個感覺，因此去了跑步，希望自己不再胡思亂想，我真的不知道自己能不能頂到第二次呢！

P：一直聽都覺得你可能相對其他病人是比較正面的，而且過程很順利，但是其實中間有沒有一些真的情緒很差很想自暴自棄的那些階段？

C：有！我好記得第五次化療是特別頭痛，痛到坐不起來，痛到一定要睡，然後我就哭了，說為什麼是我？躺著說「Why me Why me」，因為已經捱了五次，很辛苦的啊！我讓自己盡情釋放那些

負面情緒，哭完頭仍然很痛，跟自己說要變回教練模式，捱下去，化療還剩一次而已！

P：你有提及過有個階段很憤怒，那種憤怒可不可以形容一下？

C：那種憤怒是帶着不忿去跟它搏鬥到底！治療初期，我打完小紅莓，第一泡及第二泡尿也是紅色的，我看着尿兜說：「射死你！射死你！射晒啲癌細胞出來！」這是我心理上的一個抒發，突然有一個重要的男人出現了～Dash (Mr. 的貝斯手)，他是過來人，他說其實你不用這種心態，它都已經在你身體裡面了，你不如跟它共存一下，跟它聊聊天，他給我做了一個心理建設，其實挺好的。

Life goes on

P：你提到 Dash，是不是都跟他有一點緣分呢？

C：有緣！好像命中注定要有些關係，因為他是音樂人，我們本身基本上沒有交集的，但我認識他老婆。Dash 在我第一次化療的時候 FaceTime 了一次，建議我不要帶著怨氣去面對，我化療的時候一直都會聽着〈Life Goes On〉，原來此曲正正是他填詞的。那時候，我不知道他中文名字，得悉後我才跟他說，其實那些歌詞像在形容澳門一樣，又很適合我當時的心情，所以我非常感謝他，我就問他：「有沒有想過十多年前填的歌詞會影響十多年後的某個人（我）？」

P：你最喜歡哪句歌詞？

C：「再辛苦也好，仍不要淡忘前景多好看」，Yeah！

P：為什麼要加一個 Yeah？

C：因為 Dash 有和 Eason 說過這件事，於是 Eason 給了我一個語音訊息，就是唱了剛好我最喜歡的幾句「Clark 呀，再辛苦也好，仍不要淡忘前景多好看，Yeah～～～」，我手也震了，一直在想，是不是真的是他？這是 2021 年最好的禮物。

P：這次四仔旅行團有沒有一些行程是很期待的？或者只跟這班人一起做才會有意義的事？

C：對我來說有兩個特別意義，首先本身清邁我十年沒有來了，如果這次是台北，可能我興趣不大。第二，一班癌症四期的朋友一起去旅行挺特別的。特別是我跟他們不太熟，是因為癌症資訊網我才接觸到他們，發現大家來自不同背景、個案也不一樣。我有種好奇心，我很久沒試過跟不太熟的朋友去旅行，況且大家都抱著一個過來人的身份，還有「康復者」的銜頭，應該會幾有趣。我未試過這樣的主題去旅行，但同時也可以讓人知道，即使你是康復了或者正面對治療，其實也可以有不同程度的享受，你看看 Tiffany 撐著拐杖都去，我覺得真的別具意義。

3.6

LamK：我沒想過癌症而死，但我有為我的身後事做好打算。

K：LamK

P：Phoebe

前言：我比較獨立，抗癌之路沒有牽涉很多人。我比較堅強，沒有很多賺人熱淚的故事，縱使患病至今做過很多不同的訪問，但當中很多經歷很多思想也未能一一帶到公眾面前，今次這本書亦是很好的機會，將大家未能聽到的呈現在大家眼前。(註：這是黃昏前各人在午睡，LamK 與 Phoebe 沒有公開的對話！)

P：一般人當聽到癌症就立刻想起很嚴重的危疾，會死。即使你第二期其實都不是一個容易的過程，但現在就好像整件事很不嚴重，你那時候有沒有想過會死？

K：由有病開始即使到現在我也沒有一刻想過會因為癌症而死，但我有為我的身後事做打算的，去到後期我有跟弟弟和朋友交代病情大概是怎樣，如果我死了我的寵物或者我的財產應該怎樣處理，就算 Touch wood 真的有什麼事都有人知道我想怎樣。我是個這樣的人，很正面但很悲觀，會為所有事情作最壞的打算，做好準備。

P：你是不是從小到大都很習慣所有事情都要計劃好？

K：絕對是！我好看重計劃的，但我也是一個很愛自由的人。例如去
旅行，我會有計劃，但不是那種幾點要去哪裡，而是有個框框，
倘若某個行程改變了，也有什麼可以替代。所以我整個人生的規
劃都會有目標，目標可以不斷轉變，但起碼有個目標有條路知道
接下來在做什麼。

P：為什麼一開始會將病情放上 page 或者拍影片出來？

K：我覺得可能都會有些人像我這樣很想知道會面臨什麼事，可能知道了之後都很難捱，但起碼知道自己會發生什麼事的呢！一個很簡單的例子，就是大家說抽骨髓很痛，我就想知道有多痛？紋身、釘耳窿、還是抽骨髓痛一點？我認為當我很追求答案的時候，有些人可能都想知道答案，或者答案會幫到他們的。那不如我就試試做其中一個提供答案給別人的人！

P：你是不是由確診去到整個治療都沒有任何人陪你去做？

K：去到後期是有的。因為我入住瑪麗醫院，有親戚住醫院附近，爸爸、姑媽姑丈也都有車出車入。他們很想陪我去覆診、見醫生，但我會拒絕的，我覺得我自己能應付到。同時，我覺得他們生理心理都會辛苦，記得有次見醫生，因為是第一次，家人都很擔心，擾攘一番後我就決定讓我姑媽陪我去。我見到她很辛苦，要在醫院坐很久、很冷、又沒有東西吃。她很擔心我，我叫她先去買東西吃他又怕醫生叫我就沒有人照顧我。我覺得某程度上一來我不想他們辛苦，二來其實他們的辛苦都會加重我的負擔，所以我盡量都自己去應付同處理，甚至乎去到後期我出報告不是很理想我都沒有跟家人說，因為我都不想他們特別擔心。反而很搞笑地我經常會在社交盡量 block 他們，我想分享給人知道，同時我又不想他們擔心。這個位置是很矛盾的，他們看完我的影片及訪問就知道我瞞了他們很多，希望他們在過程中也有成長，哈哈！

P：會不會生氣呢？最親密的人是關心你愛你，你竟然瞞著他們這麼多！

K：我覺得都是兩睇，大家的出發點都是好的。或許都會有一點傷害到大家的時候，我自覺拿捏得挺好的。很多事情我會先跟弟弟們說，是因為真的有什麼事他們也可以告知爸爸媽媽。但，有些事情如果他們知道只會純粹讓大家都辛苦，那為什麼要讓他們知道呢？

P：治療期間會不會覺得孤獨或者想有人幫忙？

K：有一點點吧！加上疫情，身邊也沒有同路人，所以透過寫 page 跟大家分享，藉意抒發一下情感。記得早期曾經發表過關於頸上有異樣的事，我笑說「可能我生癌就快要死了」類似的東西，某程度上可能潛意識覺得要找個渠道抒發出來，不想屈著自己。

P：為什麼你會對時間這麼執著？

K：我覺得這個也是天生的。我不太介意別人遲到，但你遲到半小時，就請告訴我會遲半小時。我就會用這半個小時去做我覺得有意義的事。我是很講「生產力」的人，無論是任何東西我都覺得是不可以浪費時間的，例如坐車時我要修圖或者發佈帖子或者做公事。消費也如是，我覺得要不就買東西，要不就賺錢，所有時間都要用得很盡，要將一切的價值提到最高為止。

了解更深層的自己

　　很多人在我患癌時，會問是否工作經常通宵或輪班而生出病來？或者我日常生活太 chur？我覺得未必！不過，自從患癌後，我看東西明顯豁達了，無論對時間或者對人際關係都睇得更化，但我經常覺得癌症是否來得太早，無論是時機上，畢竟我都算是想法比較成熟的人，我覺得現在會不會太快進入化境了呢？好像所有東西都已經沒有什麼意義，即是可能對人際關係或者對生死，我都看得很淡了。我覺得我本身已經沒有什麼「感覺」，癌症後卻反而感覺多了。印象中，過去十年都沒有哭過，但當面對同路人的提問及傾訴，我就會有想哭的感覺。我有想過，是不是因為我對外事物沒有很大的感覺，所以我做很多事情都是偏刺激的。我喜歡吃很辣的，喜歡玩一些高危活動，

可能是極限運動，以前玩天台拍攝、去探廢墟、看鬼片等，我會想到底我是喜歡刺激還是純粹是因為沒有什麼感覺，所以要透過這些東西去感受多點感覺，這是我過去半年才發現的東西。

P：反而這個病令到你開了一些感應器。

K：對！絕對是！但我覺得開得太多了。我記得有做輔導員的朋友說過我其實不會哭不是一件好事。他說好像一條淤塞的渠道，早晚會爆。但對我來說我會想等它爆了再處理，我覺得我面對很多事情都能自己應付得很好。即使是癌症我覺得就算最後家人不知道我都是應付得到的。

P：至今我和你們這麼多人聊過天，大家都很不一樣。

K：也是，我也有聽 Clark 訪問，我覺得我們很多經歷都很相似，但很多看法都很不一樣，處理事情方式也不同。我覺得這個都是四仔旅行團成立的目的。每個人面對癌症都有不同的情緒，不同的處理方式。其實沒有說哪一樣是最好，只有合適自己的。

P：剛剛一直聽你形容，家人給予壓力或者你很在意他們的情緒，來到這裡有一群所謂的同路人。你覺得在生活中和在這群人之間的你，會不會很不同？

K：我覺得我在不同的圈子裡大致的人格是差不多的。在這個旅行團或者這群同路人當中，可能我會多說一些自己的感受出來，因為始終大家會更明白，明白不是說他知道我在想什麼，而是可能他

會明白為何我有這個做法。或者他會知道這個做法可能聽起來不好，但會理解為何我會有這個行動。可能有很多背後的原因是你要有病、經歷過才知道。我想有時候人們喜歡找我聊天的原因也不是因為我聊完可以怎樣實際幫到他們，而是他們真的需要有個人去明白他。道理很簡單，我跟他說加油，和隨便找個人跟他說加油，也是有差別的。我明白有時候某些說話聽下去沒用，但我認為雙方都要互相體諒，作為病人你要知道其實對方都做不到什麼，他的行動和說話已經盡了最大的努力和心意。同時作為病人身旁的人，都要知道有些事情可能他未必會想你做或者想你說。大家互相明白，找到止步的平衡點就最好。

圍爐取暖的快樂

P：我覺得你已經能夠找到平衡點，而又很活在當下。

K：癌症這個光環讓我多了一個藉口給我去做事，多一個份量去說話去分享。所有事情就好像以前這樣做就是我很任性很奇怪，但是有病之後就整件事就都變得合理化了。我覺得癌症都挺適合自己的，可能別人像我這樣有規劃地做事就只會更加崩潰，對我來說我有病雖然很生氣，但我會立刻計劃另一條路，或者繞個圈去完成想做的事。

P：我覺得這個能力很強。

K：還好吧！

**P：你可以消化完明明是一件極之負面的事情，然後消化完就變成你
剛剛所講的那些可以轉彎去做的計畫。**

K：我覺得這個都是一個為什麼說自己正面的原因。我認為所有事情
都會有好的一面，我經常叫人不要擔心自己有事，或者有病也不
要那麼擔心，因為你擔不擔心事情都總要面對的。反正都會來，
不如思考怎樣可以把它變得有價值或者有意義，就吃光這件事的
所有好處，就是捱下去的動力。

P：你算不算是這群團友裡面最健康和穩定的一位呢？

K：其實我未有完全了解大家現時的身體狀況，所以有很多壓力，哈
哈！說話我都要收斂一點不能那麼地獄，畢竟我的光環最弱。我
也有想過可能自己會在這圈子中有較多的責任，一來是男生、二
來我又年輕一點、又比較健康一點，各方面我是可以做多一點的。

P：你是不是本身責任感都很強？

K：都是的！我覺得做事就要做到最好，我是很完美主義，所以什麼
事情上我負的責任自然比較重。

**P：你有問過他們明明是四仔旅行團，但你只是二期，為什麼會同
行？**

K：可能都是一班本身認識但不太熟的人，可以聚在一起大家互相打氣去聯誼，圍爐取暖。大家互相說笑自嘲，或者會有些共鳴在這裡出現。為什麼我要笑他沒有頭髮，因為大家都試過沒有頭髮。我們說出地獄笑話不是想嘲笑大家，而是自己經歷過，知道這件事很值得諷刺，某程度上告訴對方我也明白你的痛苦，這就是地獄的四仔旅行團了。

以下是兩集訪問的視頻 QR code，除了觀賞之外，也歡迎留言互動。

上集

下集

由於影片長度限制，很多內容都沒有被公開，因此我們透過此書將從未曝光的獨家訪問內容公開，讓大家更了解四仔們的內心世界。

chapter #4 從生病到康復，我上了一課！

在患病的過程和康復途雖慢長，

但面對很多困難和挑戰，

令四仔們學懂感恩，

領悟人生。

4.1

Teriver
學懂生活的純粹

　　2020 年初，我開始有點輕微的咳嗽。過了一段時間咳嗽未停，中藥也沒有幫助，數月之後，更有喘氣的跡象，全身也有奇怪的感覺，於是去了看西醫。照過 X 光，看到一大片陰影，醫生便叫我立即去醫院檢查。在那裡做了一些測試，結果呈陰性。醫生先給我打一個星期多抗生素，肺的陰影仍然沒有改善，於是轉到九龍醫院胸肺科，醫生替我安排了外出去做 CT scan 電腦掃描，過幾天報告回來。那天早上真的是畢生難忘，那位醫生走過來先叫我有點心理準備，語氣就像電視劇，由醫生宣布應該是惡性腫瘤，並且有轉移跡象，是四期的。

　　我的 Petct scan 和 MRI 報告終於出來了，沒有擴散至其他器官。嚴格來說，這只是一個沒有更壞消息的報告，但對我來說是有點延遲宣判死刑的感覺，所以當天晚上我們在家慶祝一番。同時間，我做了抽組織嘅小手術，等待檢驗報告。

　　之後便是尋找腫瘤科醫生的過程。那時候剛剛收到檢驗組織的第一份報告，很可惜沒有找到合適的基因驅動可以用鏢靶藥，但同時 PDL1 指數是非常高......有 80。順理成章有兩位醫生都建議我做免疫

治療加化療，唯一的分歧是有沒有需要進一步做 NGS 基因測試。多得我好朋友替我上的一課，我決定就算機會不高都一定要做這個基因測試，而這個決定改變了我的命運。

上天的禮物

我同意醫生建議等待基因測試結果的同時，我先行進行免疫治療加化療的方案。治療開始的那天，我收到一個電郵，是我一位朋友竟然能夠幫我聯繫到大名鼎鼎的肺癌權威莫教授，我得到了一個機會去見教授。還記得他那天的風趣幽默，和掌控一切的氣場，他把我的心定下來，並指出我這個稍為複雜的情況的治療關鍵。他把意見寫在一封信上，讓我交給了主診醫生，我可以告訴大家這封信幾乎是完美診斷出我的病來呢！

有些好朋友和樂隊的隊友特意來探訪，給予我很大的鼓勵。還記得那天剛剛收到消息，我們的歌〈人間有愛〉拿了歌曲推介榜的第一位，就好像上天要給我一個希望和信心去面對，而愛就是最大的動力。

　　化療開始之後，很快我便感受到全身火燙的感覺，我只好不停喝水和椰青。飲食方面胃口差了一點，還好，於是盡量少食多餐，同時喝一點營養奶作補充。在第一個療程，身體會很疲累，每天只有數個小時的精力可以活動，其餘的時間都在睡眠，或是躺在梳化上看電視。在大概兩個星期後頭髮開始掉落，要掉落的速度開始加速，於是我找來我的髮型師兼好朋友幫我剃了一個光頭。

那時候我咳嗽越來越嚴重，有時甚至會帶血。由於長時間咳嗽，導致我胸骨開始非常疼痛，於是我也盡量不說話避免刺激喉嚨，改為手語溝通。每天需要花長達數小時去拍痰，才能勉強呼吸暢順一點。一周期後壞消息是腫瘤沒有縮小甚至有擴大跡象，同時間基因報告卻找到了 RET 罕有基因驅動。剛剛上個月在美國有一隻新藥特快批核，但是香港還沒有，而這個藥是我這個基因推動的最有效的藥物。由於是新藥所以暫時也是天價，同時由於疫情，就算願意付錢，也不能保證什麼時候才能送到。那天，我的白血球指數過低延遲了療程，巧合地卻救了我一命。

希望之光

我把基因報告的消息告訴莫教授，原來剛好在中文大學與威爾斯醫院的臨床研究我可以有機會用上這個新的鏢靶藥。我接受了一系列測試，確定了參加這個計劃，這對我來說是黑暗中的一道希望之光。

終於開始用上這個新藥，第三個星期便開始不停高燒，於是我需要不斷進入急症室並留院，而身體的副作用開始加強，出現紅疹，全身骨痛，甚至不能抬起雙手，口腔全面潰爛，嚴重影響進食。那時候我只能單靠飲館把湯水或營養奶直接送進喉嚨，是我最痛苦的日子。心理上原本這個藥是我最大的希望，現在卻看着自己的身體不能承受，而可能要失去這個希望。面對退出研究計劃的邊緣，我心想要拼搏到最後一刻，因為這個藥是我最後的機會。就在這個晚上奇蹟出現

了，我體溫開始慢慢下降，接着渡過副作
用最嚴重的一個星期，然後副作用慢慢退
下。從那時候開始我身體完全適應了，直
至現在都沒有再出現任何副作用。

無價的二次機會

完成第一個療程之後，莫教授再叫我來看他。我永遠不能忘記那
一天他得意地讓我看：左邊是你之前的肺片，右邊是你現在的，你看
見分別了嗎？我說不出話來因為陰影大部份不見了。這個藥竟然清除
了大部份的腫瘤而我的原先榻下的肺部也有開始復甦的跡象。我完全
反應不過來，從患病至今看似未有好轉過，這個好消息卻突然完全超
出我能夠想像的範圍呢！我那天走到海邊躺下來望着天好幾個小時，
再慢慢去咀嚼這個消息。「是真的嗎？有點不可思議。」

由於我剩下的腫瘤已經是非常細小，我已經停止咳嗽，可以慢慢
正常生活。我於是開始調節自己的飲食與生活習慣，每三個月引入一
個新的嘗試，例如搬到空氣清新的島上，修練瑜伽與冥想等等。我開
始抱着輕鬆心態慢慢回歸工作，心態卻已經完全不同，變得純粹，享
受過程。最感動的是幾個月之後跟樂隊的隊友一同走上頒獎台，聽着
隊友在台上的得獎感言，我回顧了這一年發生的一切就好像一場夢。
當中的高低起跌，我好像上了一個無價的課堂。現在彷彿我得到了人
生的第二次機會，希望能隨心生活，享受每一天。

現在過了三年半，我的狀況還是穩定，腫瘤亦沒有繼續生長，我亦學懂享受每一天的快樂，放下了多餘的名利追求，盡量做一些對世界有意義的事。同時，學習保持平常心，到了病情再有惡化一天我希望也能輕鬆坦然面對。畢竟能活到這天，而身邊有這麼多好戰友，已經感覺非常圓滿了。

旅行的意義

我想我是四仔之中對旅行感覺比較少的一個。可能因為由大學開始有十多年在美國生活，然後作為音樂人都去過很多地方演出，很多時候反而會想多些時間在家休息。當然，在疫情之後，我是很想快點出去旅遊的。

我覺得重要的是夥伴，跟一些相處感覺好的朋友去旅行是最高興。今次跟四仔們一起去旅行，雖然大家不是認識很久，但卻有一見如故的感覺。我們都是熟悉的陌生人，好像大家都有一個共同經歷，地獄笑話就只有我們才懂。

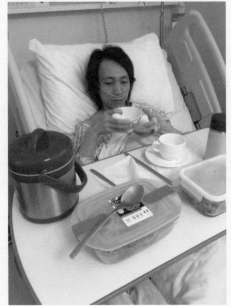

4.2

Jasmine
活在當下，一切隨遇而安

　　一切從 2018 年 11 月開始，起初感覺到右膝蓋輕微不適，下意識認為是運動創傷，然而個多月後痛得更頻密，X 光檢查卻一切正常。直至 2019 年 2 月，右膝的持續疼痛越來越強烈，甚至影響日常生活，走路變得一拐一拐，上下樓梯都覺得刺痛，晚間曾半夜痛醒，有時甚至會麻痺，於是去見骨科醫生，醫生建議立即照 MRI，很快便收到診所姑娘的電話要求覆診。

　　2019 年 3 月 29 日是我人生中最黑暗的一天，歷時三個月的求診及檢查，當時私家骨科醫生告知右膝大腿骨長了一個 9cm 的腫瘤，可能是癌症。當刻聽到完全崩潰了，不斷反問自己「cancer？我有聽錯嗎？為什麼會是我？難道我做錯了什麼上天要懲罰我？」，更擔心會影響將來的行動能力。

　　看著家人東奔西跑為我約見醫生、馬拉松式開家庭會議，那刻腦海「叮」一聲，我接受了罹癌的事實，並告訴自己要勇敢面對，一定要活下去。好消息是 PET-CT 報告顯示癌細胞未有擴散，算是不幸中的大幸。

Jasmine

接受光頭造型

其後，瑪麗醫院的主診醫生也證實我確診為惡性骨肉瘤（骨癌），他們安慰我：「唔駛太擔心，你咁年輕好快搞掂！」然後就展開了長達一年如惡夢般的治療，包括 18 次術前術後化療及一個重建手術。由於我對化療的副作用、感覺一無所知，不斷上網找資料。最多人提及的副作用就是掉髮，令我想起《奇異博士》戲中飾演古一大師的光頭造型，心裡想著「我是不是要準備做一個光頭妹？我可以駕馭到光頭的美嗎？」為了在化療前作好準備，我特意找髮型師剪了一個男仔頭造型。

落藥後通常要留院五至七日直至指數達標，甚至試過最長三星期已經要繼續下一輪的化療。從未想過化療的副作用會如此強烈，除了掉頭髮，後來剃了平頭、噁心、嘔吐、胃口不佳、生痱滋或口腔潰爛而影響進食都是家常便飯，只能依賴營養奶來補充營養。我還曾經在公園散步時突然噴射式嘔吐，發高燒達 39 度，被困在隔離病房數天；由於不小心濕水，導致手臂上的中央靜脈導管（PICC）發炎。由於身體虛弱，曾經在家中不小心跌倒，必須穿著腳托並使用輪椅直至做手術。基本上，每天只有幾個小時能夠保持精神活動，其餘時間在家中耍廢、休息和煲劇，等待一星期後免疫力逐漸恢復，感覺像是重生，可以盡情大吃大喝。

　　在陌生的骨科及腫瘤科病房中，與年長的同房病友相處並不易，每天清晨五點多就開燈派早餐、抽血檢查，每晚半夜總能聽到病房內傳來慘叫聲，難以入眠。看著人來人往的相同景色，而自己卻仍躺在同一病床上，只能等待家人送飯，在看書和煲劇中打發時間，感覺置身於煉獄。留院漸久，認識了很多老友記，並遇到了一位年紀相若、同患骨癌的戰友，彼此成為心靈的支柱。我很慶幸能遇到很優秀的醫護團隊，他們對我照顧周到，甚至有姑娘會記得我的名字，很容易與大家打成一片。

體會生命的無常

　　每次住院，我最期待的不僅是家人帶來的食物，還有晚餐的湯水和夜間的宵夜，尤其是檸檬夾心餅，當值的職員總會偷偷給我額外的份量。住院期間難免會經歷一些令人傷感的回憶，看著隔壁病床的婆婆離世，深夜裡醫護人員致電叫家屬趕來，看著愁容滿面的親人守在病床前與她道別，令我深深體會到生命的珍貴和脆弱。

　　手術切除了右邊部分股骨及四頭肌的其中兩條肌肉，換上了金屬人工關節，膝蓋同樣也換了人工關節。術後臥床四星期，身上插著喉管，忍受著腹脹便秘最後要靠「草餅」。四個月未曾行路，第一次著地感覺瞬間「貼地」。長期臥床使雙腳肌肉萎縮，走路須依靠拐杖，步履不穩且無力易跌倒、行幾步需休息、頻繁按摩繃緊腳部肌肉。右膝蓋活動受限制，需重新學習行路和行樓梯。手術後發現癌細胞只有四成被破壞，需轉化療藥無奈接受。接受化療同時要進行密集式的復康訓練，每天習慣在家附近行樓梯。大半年後，走路痛楚已大大減輕，但行樓梯仍是現時最大挑戰，感到吃力氣喘，腳無力而經常用了其他肌肉代償，導致膝關節和腰背部肌肉疼痛。

　　問我有沒有想過放棄治療，當然有！但家人、朋友的愛和支持是我繼續堅強治療的動力，每當我感到疲憊和無助時，他們總是伴在左右，好友來醫院或家中探望時特意帶來我喜歡的食物，從未讓我感到孤單。治療期間，總是待在家裡看 Youtube 烘焙影片，製作麵包的

過程很療癒心靈，我的心可以專注其中，即使不能品嚐，看家人享用也帶來滿足。

康復後，我加入了「癌症資訊網」團隊，希望透過分享自己的經歷和籌辦公眾教育活動，凝聚同路人，並為他們提供正確適時的癌症資訊，鼓勵他們積極面對抗癌路，亦希望陪伴處於治療上不同階段的同路人，讓他們知道不是孤身作戰。今年已是我手術完成的第五個年頭，也是我完成治療的第四年。與無常擦身而過後，明白到拼命執著是無補於事的。我現在選擇活在當下，接受一切隨遇而安，我會更加珍惜身邊的人和事物。腳上的那道疤痕象徵著我的人生歷練，我學會了多覺察自己身體的感受，時刻提醒自己要好好擁抱不一定完美的自己。

旅行的意義

作為一個熱愛旅行的人，我在患癌前經常四處遊歷，每個旅行階段都帶給我不同的體驗，和好友，家人或伴侶一起旅遊更是別具一格。年輕時，旅行的行程要排得密麻麻，追求走馬看花的觀光，瘋狂血拼和狂歡宵夜，首選當然是韓

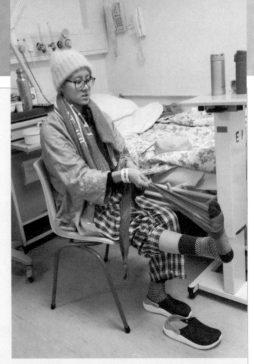

國。人越大，特別是康復後，更渴望找到靜心舒緩疲憊的充電所，像是東京近郊和泰國，更重視與旅伴共度的美好時光。現在我去旅行，希望行程舒適愜意，最好能自然醒、不必跑景點，純粹輕鬆地享受，用心感受這個世界。我特別喜歡《小王子》中的一句話「悲傷的人會愛上日落」，在治療期間我愛上了追逐日落，因為日落能讓我暫時忘記所有悲傷和痛苦，因此每次旅行若能看到美麗的日落，那就是一份小小確幸。我想旅行最重要的是找到自己的幸福和平靜吧！

四仔旅行團的短短幾天旅程，成為了我們之間的珍貴回憶，很慶幸能夠參與其中。儘管大家認識的時間不長，但彼此之間默契十足，毫不尷尬，不需要花時間破冰。畢竟大家有著共同經歷，因此在彼此面前可以毫無保留地流露真情。即使這可能是我們生命中最後的幾天，我相信這將是一段美好且有意義的旅程。

4.3

Niko
把患難變成祝福

　　記得在 2021 年疫情肆虐的那個時候，那時每個人也帶着口罩，害怕得關在家，不敢外出半步，甚至送外賣也需掛到門外。這段期間，我一直斷斷續續的咳嗽，一直在檢測我是不是確診了新冠呢？但是每次結果也是陰性的，那我一直懷着僥倖的心態，Covid 沒有找上我吧，只是一般咳嗽而已，縱使行路有點喘氣，也只覺得是帶着口罩的不適吧！心想，每個人帶着口罩也會覺得有點焗，也是正常的反應而已。

　　一直的咳，到了大概七月的時候，我終於去看醫生了，才發現是肺積水。當時醫生說，左邊肺全是肺水，浸沒了半個肺，導致我一直在咳，需要安排即時入院。入院後，我先安排抽肺水，我會形容抽肺水的過程好像是活取家禽，我就是那隻家禽，被活取的是身體裡面的組織，先打了一支麻醉藥，身體還未感受到真正的麻醉後，直接在左側肋骨位置，插入一支粗糙的管去抽，並且在裡面拿取小小組織去化驗，我痛苦地呼叫及掙扎，就連當時綁在手指的脈搏機也被我揮動走了，嚇得醫護人員以為我的心跳下降，那種痛苦簡直非筆墨來形容，最痛苦的是你以為完結了吧！

Niko

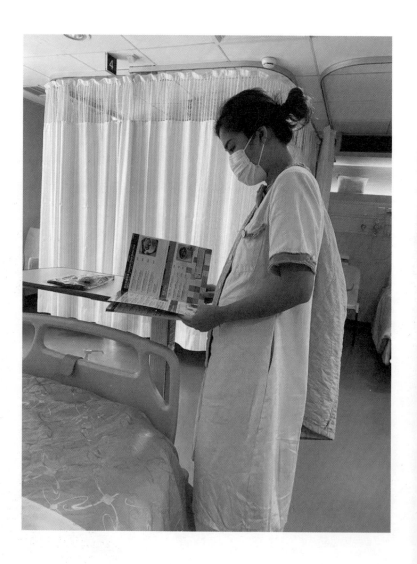

不好的細胞

「對不起，親愛的，你還要繼續掛着尿袋，讓餘下的肺水一直流出來......」我印象中掛了三天左右吧，這三天我不能吃更不能睡，痛到連小便也不能自理，還要初體驗嘗試第一次插尿喉，還記得我生孩子的時候，也是在鬼門關前走了一圈，但之後也可以嘗試自行上洗手間。如今我痛得連自己小便的力氣也沒有了，只能躺在床上，48 小時也是同一個姿態，因為只要我一動，立即痛得眼淚也掉下來了，大家能夠想像到嗎？

這種痛就像有刀刺到入你深深處的內臟裡，然後一直在刮一直在刮，夜闌人靜的時候更為痛楚，只能夠靠着止痛藥入睡，但過了幾小時後，又被痛楚狠狠的叫醒了。我再次問另一位肺科的醫生，為什麼會有積水？「可能有一些不好的細胞吧！」他沒有正視我說。不好的細胞？我用了好幾天去消化這五個字，什麼才是不好的細胞？他說可能，心裡仍然抱着半點希望的我，心態上還能保持半點正面吧！然後我一直在網上尋找資訊，肺積水或許是肺癌症的 3A 期？未算最差吧，或者有機會做手術的，不用擔心太多（當時一直對癌症沒有任何概念的我一直在這樣想）。

「報告出了，發現你左邊肺部有個 5cm 左右大的腫瘤，侵犯到淋巴。」醫生很冷靜地說。什麼癌細胞？什麼意思是侵犯了淋巴？我一頭霧水地問......意思是已經擴散了，醫生繼續冷靜地說。那可否做手術？我滿懷希望地問。「擴散了，我們不會採取任何手術。接下來你可以交給腫瘤科醫生。」因當時他是一位胸肺科的醫生。那是第幾期？我不甘心地問。「四期，因為肺部，肺膜，淋巴也有。」他不帶半點感情地說。

我是不幸的5%

然後我無言了，看到爸爸媽媽背着我抹眼淚了，躺在床上的我發現全身也沒有力氣，感覺全身麻痺的。這一刻就像判了死刑一樣，等待死亡的那一天來臨。

但在這絕望的時候，我的姨母叫我們聯絡一位腫瘤科醫生，因她在私營機構的醫院工作，認識很多好醫生，但這位醫生其實在英國已半退休狀態，姨母跟我媽媽說不妨聯絡一下他，剛好他在對面樓巡房，過來就只需十分鐘。就這樣，我便成為他的病人了，我不相信緣份，我更相信是上天的安排。因為在我們的生命當中，我們無法去選擇遇上或遇見什麼的人，我相信上帝一早已經預備好了。

原本因為這壞消息凝結了的時間突然覺得很快，醫院過了探病時間，我的家人要走了。剛收到這個晴天霹靂消息的我，如何入睡呢？

閉上眼睛後，我害怕看不到明天。四期，肺癌，這四個字彷彿把我滿腦子也填滿了，一向不怕黑的我，這夜彷彿被黑暗吞噬了，那時候我禱告，什麼也不能做的我只能向祂呼救，祂聽到了，祂安撫我到懷內入睡，沒想到這原本經歷了狂風暴雨的晚上，我還可以安躺入睡並一覺睡到天光。醒來後，繼續一連串的檢查和基因排序，很快地在同一天醫生在我早前的基因排序了找到了答案，發現我確診為 ALK 肺癌，亦在早前的報告上，發現了腦部也有一點點零碎的癌細胞，之後我才認識到肺癌原來有分很多不同類別，是基因變異了，也是 5% 的非小細胞肺癌，ALK 有發於年輕亞洲非吸煙女士，年齡大約在三十歲左右，初期沒有表面象徵，一旦有象徵出現也是後期了。這種癌細胞到後期也喜歡走上腦，聽起來是那麼的恐怖。 我就因此成為了不幸的 5% 了，但不幸運之中也帶半點幸運，正是這個基因異變，我才能靠着鏢靶藥一直正常地生活下去，曾經有想過放棄治療的我，醫生說當時若未及時吃藥的話，我活不過三個月。感恩，過了一年又一年的生活，如今也差不多第三年了。

上帝早已預備

當中除了身體因為水腫的情況導致身型變得肥胖，看起來像另一個人，以及還有其他微小的副作用之外，對比需要接受電療和化療等的副作用，我真的非常感恩。雖然身體上沒有承受太大的痛苦，但精神上面對那恐懼也差半點窒息，最諷刺的是，每天感恩又活多天的同時，更能深刻體會與死神的避詬越來越近。

原來一切沒有計劃才是最好的計劃，「*For I know the plans I have for you, declares the Lord, plans to prosper you and not to harm you, plans to give you hope and a future*」來自聖經耶利米書的一句說話，中文譯本是「我知道我向你們所懷的意念是賜平安的意念，不是降災禍的意念，要叫你們末後有指望。」這是耶和華說的。曾經聽過一位教授的分享，他和我一樣是基督徒，他分享患難之中有很多的恩典，以上的金句就變成我患病中的轉捩點，靠着神的話語，把患病變成祝福了。

從前我是一個工作狂，經典的職業女性，在我眼裡沒有失敗，只是在乎你有沒有努力過，但到這刻我明白了，有些事情縱使你多努力，我們也不能控制改變結局的權利，這一刻我才明白到原來自己有多渺小。出院後，我很快投入新生活，放下工作，多做運動，和朋友多見面，專心玩樂等消磨時間。我沒有特別去消化癌症這兩個字，它好像靜悄悄地走進了我的生活了，我沒有特別恨它，討厭它，反而我要學識如何愛它，因為我只能夠和它共存。曾經聽過一位前輩說，他努力在尋找答案為什麼自己確診了癌症？努力了多年也毫無頭緒。最後他發現最終的答案是在自己身上，自己的身體為何走到了這個地步呢？我聽了後立即哭了，因為癌症這個壞東西就像那個我，那個曾經凡事也執着又帶點高傲的舊我一樣的令人討厭，然後我跟自己真誠地道了一個歉，好好給自己一個擁抱，接受不完美的自己，這樣得到釋懷了。我學懂放手，因為放手我才可以擁抱一切。「這病不治死你，我要用你」相信這句說話是祂跟我說的。今天我仍然未畢業，那就把

患難變成祝福，我想活好每一天，繼續好好地去愛，盡情地去愛，愛朋友，愛家人，修補關係，這都是我繼續要學習的課題。

旅行的意義

在寫這本書的某一段落的時候，是我正飛往東京滑雪途中寫的。一向喜歡旅行的我，原因是世界很大很美，我想探索更加多，因此我的腳步不能停下來。感恩，患病後身體上沒有太大的不適及痛楚，疫情稍為減退後，和最愛的家人去了幾次旅行，上天也讓我認識了四仔這班朋友，一同出走清邁幾天，去了這趟旅行後，我發現每一個旅行也是回憶！是一個用錢買不了的回憶！

　　相信每個人心目中也有一個夢想的地方吧！假若身體和經濟上許可，我會多鼓勵癌症病人努力去追夢，不要再等下年先，下次先吧！因為我們不知道那個時候會是下次，活在當下，打開雙手好好擁抱當下，那就是現在了。

　　親愛的癌友們，抗癌的路很長，有時真的需要休息一下才能繼續向前走，願旅途上每個漂亮的風景也能為你在抗癌路上帶上半點色彩。

4.4

Clark
最終你還是最好忠於自己

　　如果要說人生的轉捩點，暫時來說有三個；第一個就是決定從香港來澳門工作的 2008 年，第二個就是認識了契爺陳山海先生的 2016 年，第三個就是確診患上淋巴癌的 2021 年。

　　那年的 3 月 26 日，我在山頂仁伯爵綜合醫院被姑娘告知：「張生，你知唔知自己生癌症？」What the…… you've gotta be kidding me？我心涼了半截。那種感覺和女朋友跟我說分手一樣，心臟像是停頓了，一時間不懂應對。

　　醫生已經要求在一星期內安排住院進行化療，因為我的癌細胞已經擴散到骨髓，在當時來說情況是比較危急，所以醫生要我立刻停止所有工作展開治療，但好動活潑的我如何能立刻面對這些呢？我記得我跟醫生說要等一下，思考還有什麼可行的方法。因為當時我有一個活動正要舉辦，所有贊助商、策劃都是我主動聯絡的，若然因我一人患病而取消整個活動，我會很自責。而當時我的確是這個心態，我對我患淋巴癌四期感到自責，我對醫生說能否讓我先完成這個活動再進行化療呢？他的回應是你已經患癌，你還想着工作嗎？你現在要面對的是如何接受治療，如何繼續生存下去。但我仍

然是跟他說讓我想一下，然後我就回家了。身邊人對我的說話我聽不入耳，我絕對是屢勸不改，還一意孤行想繼續進行活動。當然，最後連贊助商也得知消息，說要取消贊助這個活動，着我回去好好面對治療。

絕望的眼淚

經過兩星期的身心靈折磨，我正式在 4 月 19 號進行第一次化療，人生第一次留院九天。老實說，我真的覺得自己好廢，一個自命不凡的健身教練，竟然要接受癌症化療藥的攻擊。當時我帶着一股憤怒進行第一次化療，心裡一直想着化療藥進入身體後殺死癌細胞的畫面，然後一直想着「殺死你殺死你」。好不容易捱過了一天，化療令身體開始出現一些反應，頭暈、頭痛、嘔心、失眠......天呀！我張嘉耀為何會這樣！？但這時候有一位只見過一次面的男人出現了，他是過來人，他是康復者，他跟我說帶着憤怒面對沒甚幫助，何不放鬆與它共存？

事有湊巧，在我第一次化療期間我一直播放着音樂，而有一首歌叫〈Life Goes On〉，我細心品嚐內裡歌詞，更重播了許多遍，發現原來這首歌的填詞正是這位男人－譚健文(Dash)。Eason 陳奕迅用熱情的歌聲安撫我，Dash 也用 FaceTime 陪伴着我。如是者，每次化療我都放着這首歌，好讓我痛楚減輕。

直到第三次化療我因為白血球不足而延遲了一星期，心想該不會發生什麼問題吧？我心急如焚，但想起 Dash 的說話，我嘗試自己安撫自己：「幸好在一星期後也能順利進行第三次化療。」

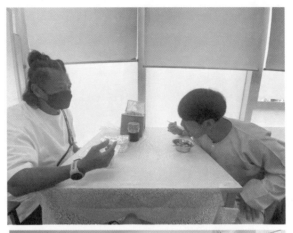

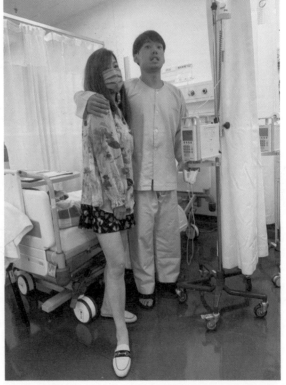

不過，這也是我第一次進行腰椎穿刺，因為我的癌細胞已經侵犯骨髓，所以醫生的決定是在第三次化療開始就需要將化療藥打進骨髓內。過程中，我的身體捲曲像一隻蝦，然後醫生給我打麻醉藥再打進化療藥，那時候我會感覺有人在動我的脊椎，但是我動彈不得。那次，是我第一次因為進行化療而落淚，是絕望的眼淚。我感覺自己肉隨砧板上，人生失去了任何選擇，這時候音樂便成了我最大的支柱。

靠音樂前進

基本上我在患癌期間只聽兩首歌，〈Life Goes On〉及頌缽音樂，因為這兩首歌會帶給我能量，讓我減輕痛苦。我比一般人幸運，在化療那六個月裡沒有任何併發症，很順利地在第七個月就把 PICC 管拆除。

我在 2021 年 11 月 1 日正式 Cancer Free！不過還要跟隨醫生的指示，進行了為期兩年的鞏固治療，每三個月進行鏢靶治療，每六個月要到醫院進行 PET CT Scan，雖然當時還是疫情時代，香港及澳門也是處於封關的狀態，但我急不及待回港跟家人團聚了。我媽媽由始至終也不知道我發生過什麼事，因為她有一點抑鬱症，所以跟家人商討後決定不告訴她，讓我這癌症病人靜心面對治療。

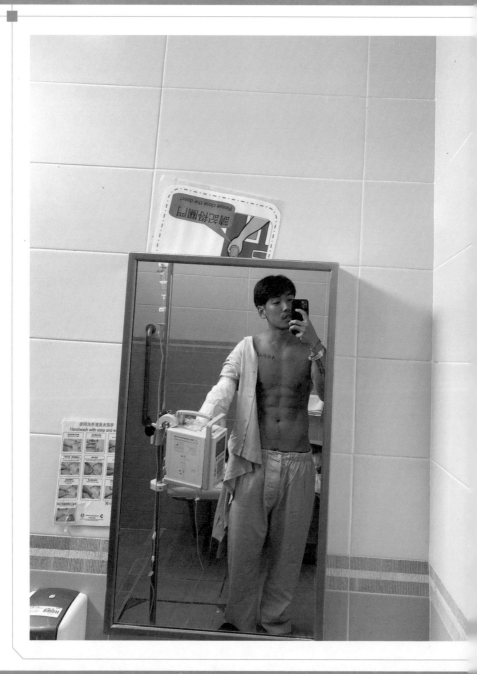

　　回港後雖然有時會懷着膽戰心驚的心情見朋友，因為一旦感染肺炎又需要被隔離，但我在身體情況許可下也盡量安排與一些在我抗癌期間鼓勵着我的朋友及網友見面，我很珍惜這份得來不易的愛。

旅行的意義

　　無論患癌前後我也喜歡旅行，只是康復後的旅行會帶着一份心情，有時是想着「如果這次沒有去，不知道下次有沒有機會去」、「如果這次旅程沒有與這個人見面，不知道下次見面我是什麼狀態了？」世界很大，這句說話我經常都會聽到，廢話一樣，誰不知道世界很大的呢？世界是很大，這不代表我們要踏遍每一個角落，但若然上天給你第二人生，你會有多想去看這個世界呢？這個就留給你們自己選擇，旅行的意義除了陳綺貞告訴你，我告訴你，但最終你，還是最好忠於自己。

4.5

Lamk
好好規劃我的下一步

　　2020 年 6 月 30 日，剛過生日，二十三歲的我，經歷了兩個月的求診、檢本，再到專科診所看手術報告。醫生很愕然我獨自到來，他很直接地告訴我確診患了血癌（淋巴癌：何杰金氏淋巴瘤）。腫瘤很大，其實自己早有心理準備是惡性腫瘤。兩個多月不斷來往診所醫院以及漫長的等待，一番擾攘後終於知道腫塊是什麼。醫生建議我馬上去醫院排期，我也急忙前往了。回到家後，坐在大堂裡冷靜了一會兒。因為知道將要面對家人，想先整理好自己的情緒。我拍了一段影片，從發現頸部腫脹開始，終於得知自己的病情，都一直有拍攝記錄，這段片就用來作小總結。在大堂坐了一會兒，整理好了思緒，然後才回家。

　　說到這段內容，記得曾有記者追問，我被確診的那一刻，其實有沒有情緒？因為正常人都會有情緒反應，但我好像立刻努力地讓自己保持冷靜去理性地規劃下一步。

　　當時我不想只顧自己的情緒，還要考慮到親戚家人的感受。會想到大家假裝沒事，想讓身邊的人感到安心。我經常習慣性地不會把很多事情告訴家人，因為無論是好事還是壞事，他們都會擔心。好事

Lamk

上，我總覺得必須有一個很大的成果才能公開。壞的事，我會盡量控制資訊的流出不讓他們知道，不讓他們擔心。

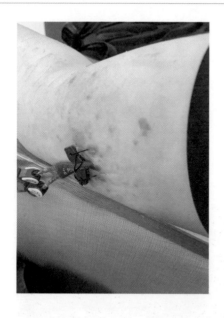

像返母校的感覺

　　接着的半年，我安裝了中央靜脈導管，長期有一條喉仔在我的手臂上。不能出汗，不能濕水。經歷了六次化療，有脫髮，剷了光頭。每次化療後，洗澡後就馬上睡覺，昏迷數天、吃喝不到。試過半夜起床喝一啖水就馬上嘔到黃膽水都出來。可是睡數天後就可以自由活動。但也有心理陰影，看到紅色液體，因好像化療的藥物，就會想嘔了，至今也是如此，在我的社交媒體也可以看到更多分享。六次化療沒有大家想像那麼辛苦，感覺像發燒加醉酒同時發生。可是當中面臨很多阻滯，惡劣天氣要延期等等。

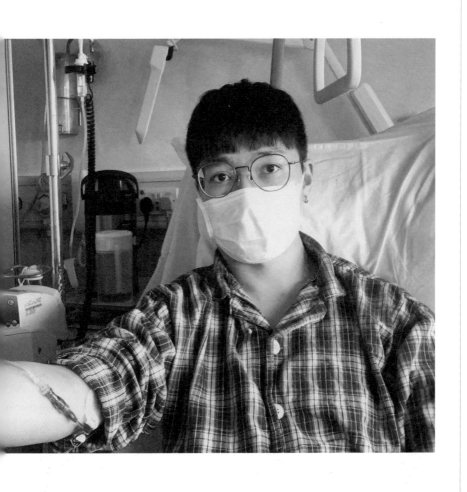

我個頭尖到起角

我把經歷拍片放上網，
是希望讓其他患者，
能找到資料了解治療過程。

阿俊 淋巴癌患者

在我最後一次化療前的一天，我高燒入院了。那時武漢肺炎很嚴重，燒至 40 度也要等待檢測和結果。原來是導管發炎了，耽誤了「回復自由」的日子。有種跌落谷底的感覺，同時住在內科病房更加感覺是人間煉獄。因為年輕的關係，只能睡在走廊的加床，很嘈吵，射燈無時無刻照着。工作的車推過感覺像地震。護士沒有時間理會。有次想嘔也只能含着發出聲音等待有人看到我，因為在吊鹽水不方便下床。兩隻手已沒有位置抽血打豆。曾在大髀內側抽血，然後敏感。整個大髀也出紅疹，生殖器官腫了三倍大。還有未知化療安排的恐懼，在地獄逗留了數天，其後化療也沒有再重裝導管，只是像一般人一樣打豆下藥。之後二十次電療就是每天回醫院做的，感覺好像畢業後回母校探老師一樣了呢！

旅行的意義

可以肆無忌憚地說出不同地獄笑話。與其對不能控制的事情提心吊膽，倒不如既悲觀又正面地去面對它。

4.6

Miss R
放棄做社畜，
錢是永遠都賺不夠

「今日我能夠健健康康企在台上，同大家說話，大家能夠聚首一堂不是理所當然的事。首先藉此感謝天父、這四年間對我無微不至的家人、不離不棄的老公、陪伴我走過人生高高低低的朋友。最後，要多謝一直以來從沒放棄自己的自己」，我站在台上逐一看著每一位來賓的臉，一邊哽咽說出這番話，這四年來所經歷的片段好像快拍一樣在腦海中閃過......

這是 2023 年 12 月在我結婚典禮上第一句對著親朋好友致謝的說話。一句貌似形式化的致謝辭裡，其實背後隱藏著這些年來無數辛酸的故事。

「趁後生就捱下，搏下，努力搵錢，搵份穩穩定定的工作，快些升職加人工！」大學畢業後一直以來拚搏的我，為了在生活及生存之間取得平衡，白天上班，賺錢為求在香港這個追求物質主義的城市裡生存之外，亦希望讓自己生活環境好一點。誰不知在這種趕 schedule 的生活模式裡，卻忽略了最重要的一部份，就是自己的心靈及身體。

Miss R

生命原來是那麼脆弱

　　2019 年，二十六歲。一直以來我很少病痛，食清淡是我一直堅守的原則。但這一年好像坐過山車一樣，起起跌跌。2018 年中至2019 年初，我發覺自己很容易肚痛、肚瀉和作嘔，但奇怪地亦會經常頭暈及四肢乏力，有幾次因為無力而在街上暈倒。八個月內，因為同樣的症狀叫救護車入了三次醫院，三次都是入同一間醫院。每次給急症室醫生問診後，都是說同一番說話「應該是腸胃炎或者腸易激綜合症，而家好多都輕人都有，壓力大，會好容易有腸胃問題，不用太擔心」，說完後，然後打發我走。醫生說的話，我當然相信。不久後，我摸到右下腹有「一舊嘢」突出來，起初以為是大便(很好笑)，家庭醫生轉介我到婦科作詳細檢查。照完超聲波後，醫生說沒有大礙，「那舊嘢」照不清楚，相信是肌肉(我愕然，吓？肌肉？)我再一次相信醫生的診斷。

　　幾個月後，2019 年 6 月 28 日，我如常上班，還記得那天還需要加班。我整日都未能進食(除了一啖飯)，每十分鐘便嘔吐一次，但我也堅持到放工。到晚上，同事看見我面色蒼白，不停說服我入急症室。因為同事的三催四請，我便入了公司附近的明愛醫院。不意外，急症室醫生的結論仍然都是一樣。最後，經過我不停反問醫生十萬個為什麼，醫生終於讓我留院觀察。誰不知惡夢便開始......

　　上了病房後，我睡在床上，醫生問：「妹妹，你知不知自己有貧

血？」我回應不知道。「你現在血色素只得 5，仲低過地中海貧血。如果你再遲一日入院，分分鐘有生命危險，要即刻輸血同照電腦素描呢！」當聽到這番說話後，我頓時呆了。白天還精神奕奕上班，晚上便告知我可能有生命危險。第一次覺悟到，生命原來是那麼脆弱。醫生隨後告訴我，電腦素描發現在升結腸位置有一個 11cm 的瘤。

很快地，我便被安排做大腸鏡檢查，我坐在休息區等候。不久，發覺比我遲來的病人都已經走了，只剩下我一個。看到護士站的護士急於準備文件，忙忙碌碌，突然隱約聽到護士說「唉！很慘，這麼年輕，只得二十六歲。」護士長說跟醫生商討過，雖然抽組織都未發現是惡性，但因為腫瘤太大，加上太年輕，會擔心有性命危險，所以醫

生已經安排了二星期後做大手術。她遞上一大疊覆診紙，這段時間需要見幾次外科醫生、麻醉科醫生、營養師、癌症專職護士。在出院紙上，我看見 findings 寫著 cancer，心想「護士剛剛說不是癌症（政府醫院點都會寫得很衰吧）當時的我已經沒有時間處理要做手術的心情，一心只跟著原定計劃進行。

學習從頭開始

那天，我做了一個六小時的手術，切除半條大腸、周邊淋巴及部分肌肉。手術前醫生曾告知會做傳統的腹腔鏡手術，肚上會留 7cm 的疤痕及四個細孔。手術後才得知，原來教授們曾討論我的個案，他們決定用新的手術方法。雖然我年輕，但由於腫瘤太大，會增加手術難度，所以並由他們操刀，做了「白老鼠」。感恩，最後只在肚臍位開了一個 5cm 的刀位，細到連我也找不到疤痕。

由於是開腹手術，雖然肉眼的傷痕很細小，但內裡其實傷痕累累。手術後，鼻子插住氧氣樽，整個人好像在蒸籠一樣發滾，肚子內外都非常疼痛，好像所有器官「炒埋一齊」。全身一邊發熱，一邊肚子極度疼痛，甚至連呼吸都痛。要一口氣說出一句完整的句子是沒可能。基本上每一個動作如要用到腹部的肌肉，都會十分痛苦，感覺到靈魂與身體完全分開的狀態，甚至痛到一個地步醫生需要開嗎啡給我止痛。原來嗎啡會令人嘔吐，我一邊嘔吐，肚子就不停痛，不停無限輪迴，那種痛苦真的難以用筆墨形容。

在還未解決「痛」的情況下，已經要開始學習如何呼吸，坐起身、落床、企直和行路，基本上以上所有動作都要用到腹部肌肉及夠氣，當時的我每天一邊喊住一邊慢慢鍛鍊，物理治療師不斷鼓勵我說「而家只得自己靠自己，別人幫不到你」當時真的像 BB 仔一樣，從頭學習。

成為更好的自己

健康是積累而來，但它亦可以一夜間被摧毀。感恩癌症在我年輕時出現，它令我成為一個更好的自己。化驗報告出了，我才被告知是腸癌 3 期，要做化療。那一刻，我很冷靜問醫生可否遲三個月先開始，因為要上學（當時正在港大讀碩士）及上班。醫生即刻鬧我，「你冇命仲點讀書返工！」之後我因為不能再返工返學而哭了兩分鐘，心想「煮到來都要食」便自動收聲。之後我一直都沒有因為癌症而流淚。

手術後的後遺症除了會經常右下腹痛外，最直接影響就是排便。因為腸道短，容易敏感的關係，所以我每次吃東西後便需要立即去洗手間排便，簡稱「直腸直肚」。正因如此，出街的話一定要找附近有洗手間的地方。行山？有點難度。右下腹痛似「比經期更十級痛」，嚴重影響行路及來經期，真的很難忍受。

手術後開始做化療，一共打十二次，每兩星期便要回醫院進行三

日兩夜的治療，左手臂亦安裝了 PICC，方便落藥及抽血。可能我以
一個輕鬆的態度去看化療，整過個程中是非常順利和準時，又沒有掉
太多頭髮，有體力的時候便去行山、跳舞，甚至去了澳門旅行。根本
與平常人一樣如常活動。此外，我培養了每日運動的習慣，能夠做一
些喜歡的事（韓文翻譯及教琴是強項）及多了與自己內心溝通的時
間。每人都有自己的步伐，無需隨波逐流。以前社畜，形式化的生活
雖然換來物質上的供應，但我真的滿足和享受當中的過程嗎？以前的
我每天只追 schedule，白天完成工作後便去做兼職和讀書，回家吃
飯後做功課或睡覺，每日如是，真真正正走屍走肉。火車不停跑跑
跑......但從來沒有停下來休息加油，究竟為了什麼呢？錢是永遠都賺
不夠。

在化療期間身為「廢青」的我，雖然起初很不習慣，但我漸漸享
受這種慢活的生活。原來慢活也有它的好處。每日的生活只做五件
事，就是食飯、飲營養奶、運動、睡覺及做一樣令自己開心的事。每
一件事當你放慢做，你便集中感受當刻。很神奇，你會慢慢變得感情
細膩及變得懂珍惜每份每秒。在思考人生的過程中，更接受自己的不
完美。癌症病人只是人生中其中一個身份，人生還有很多事值得去投
放。

要愛別人，先學會愛自己

感恩地在化療期間結識了我的丈夫。在認識他的第一日，我便如

實地告訴他自己的病情，因為化療所以現在未能上學及工作。他知道後不但沒有放棄這段感情，而是說了一句話「休息是為了走更遠既路，趁這段時間休息一下，做完化療之後你的人生可以行更遠，不用急」，我當刻感動到落淚，因為從沒有人會主動提醒我去休息，亦意識到停下來也有停下來的得著和好處（現在回想起人生最開心的時段應該是做化療那段日子）。

倘若你想手握著更多的沙，你若越是用力抓著，握太緊，便會失去得更快。反而，當你放鬆手掌，抓到的，反而比你想象更多。感恩，今年踏入「康復小學 5 年級」，除了手術後的後遺症外，身體一直很好，沒有復發。

旅行的意義

七個人有著七個不同的故事，不其然地好像沒有違和感，還能感受到一種熱血。可能大家已經對生命有一種放開，接受命運的觀感，所以我們可以開懷地討論生死，自嘲一下，苦中作樂。無論在生活中遇上令你失落或煩惱的事，不妨可退後一步，放鬆一下，它可能帶給你另一面的感受和看法。

chapter #5 我們會再見、再聚！

說到四仔們對未來的展望，

我們不敢抱太大的展望，

卻有一個小小的願望：

大家身體健康，

每一年都可以一齊繼續去旅行！

這個看似很簡單的小願望，卻變成四仔每一位成員心中最渴望的一個微小願望，我們深知生命的脆弱，明白到每一次的告別都可能是最後一次。說了再見，未必一定能夠再見，所以每次四仔的聚會我們會份外珍惜。而每次的聚會，四仔們也會想想新意思，我們真的希望能夠透過自己的故事，無論是在座談會、分享會，或在大氣電波下去鼓勵一些同路人，能夠為他們帶來一絲溫暖和勇氣。在抗癌的道路上，彼此傳遞更多的愛與祝福，因為我們知道四仔的愛與祝福、這份力量能夠戰勝一切。盼望以後有更多的機會，能夠把這份精神與愛繼續傳開去。

別了，隊友

「四仔一個都不能少」這句對白曾經在我們片中提及過，但今天卻要沉重地告訴大家一個壞消息，在寫書的途中，大約今年三月的時候，我們四仔中也是大家最熟悉的 Tiffany 離開了我們，回到天父的懷抱裡....我們當然很傷心、難過，但知道她再沒痛楚了。正如片中說的一樣，她先到彩虹橋的另一邊等我們，我們會再見、再聚。

　　儘管她已離開了我們，她燦爛的笑容仍然留在我們腦海裡。然而，我們相信這只是暫別，她從未真正的離開，即使命運的安排未如她的所願，但她也能笑着面對，也從來沒半點怨言。在別人眼中看似痛苦，但她仍能燃燒着不屈不撓的奮鬥精神，教懂我們很多。在她身上我們也看到一個美好的見證，主內那份平安，這一切亦會永遠留下。

我們熟悉的陌生人 Tiffany，永遠懷念你！

Tiffany 是一個真誠坦白的人，討厭偽善虛假，可以和她坦蕩蕩地暢談心底話。她思路清晰，有條不紊地和你討論事情，好有自己的獨特見解和思路。常為姊妹們的傾訴對象，也為她們排難解憂。她未必懂得循循善誘，但定會窩心支持接納。

Tiffany 從小就是一個講求質素的人，她用的和穿的不一定很貴重，但必定要適合自己。生活也如是，即使患癌，也是要追求她的夢想生活，並非只躺在病床上延長壽命。抗癌治病同步追求夢想生活談何容易。她既要拍攝影片，又要鼓勵他人。病情經常反覆，好壞參半，難以揣測。除了擁有強大的心理質素，還要忍受身體疼痛的折騰，但她竟然可以漂亮地撐過去了。她常言道：「治病故之然重要，但不要忘卻了自己想要的生命元素。」她就是瀟灑地活出沒有遺憾的生活，她的抗癌路是如此的多姿絢麗，她雖然和大家暫別，但她仍然發揮着生命的影響力！

作為家人當然心痛難過，她的生命雖然短暫，但就是如此的充滿力量和感染力。我們以 Tiffany 的生命為驕傲！

如果生命是一本書，我們這本書是否值得閱讀和探究呢？有賴內容是否豐富和精彩。

四仔的人生是不容易，但生命也因此而豐富了，但精彩與否？就在乎你如何看待和編寫。要讓自己成為一本有價值的書，就要繼續活出精彩的生命力，就能發揮你們的影響力。

Tiffany 已經完成她地上的召命，接下來的一棒，就由大家活出四仔的精彩人生，各自發揮獨一無二的影響力。

Tiffany 家人

有一日 Tiffany 突然同我講她的人生好像很圓滿，家人，朋友，愛情各方面都好成功，所以隨時離開都不會有遺憾。我就問她，她人生的 highlight 是什麼？她答我中學，因為她最 close 的朋友全部都是中學認識的。我就酸溜溜心諗竟然不是和我有關的（搞錯），然後我跟她說我人生最開心就是認識了她（她沒有直接回應，只是望住我笑）。

雖然這個故事沒有最華麗的後續，因為她兩日後就離開了，但我都想寄語各位，希望大家都可以好像 Tiff 無憾地活出自己的人生，以及珍惜眼前人，愛要講出口。

Jeff (Tiffany 男朋友)

Dear Tiff，我們由田徑場上的對手變成終生好友。F1 開學，我主動問妳想不想做朋友，一句「好」就開始了我們二十幾年的故事。無數的過夜、行街、睇戲、食飯、旅行，妳就好像我的 soul sister。幾年前，cancer 成為了妳生活的一部份，有時我都會忘記你是一個末期病人！每次遇到逆境，妳都永不向命運低頭，活出豐盛人生！妳的態度令我懂得更加珍惜身邊每一個人。

2023 年妳終於再來 Cali，短短一星期的回憶對我來說是無價，過得好充實。離別時，double rainbow 的出現令到這趟旅行更加難忘。現在每當見到彩虹的出現，就好像你笑住同我講 "Everything will be okay"。

I love you and I will always miss you！

好友 Jermaine

Dear Tiff，You are my best friend and I'm so glad that we met. 我同妳是 F.1 暑假成為好朋友。因為妳爽朗率直開朗的性格，我們一拍即合，好有默契。我倆一起行街、傾電話、sleepover、溫書，每次同你一齊都好開心好好笑，我現在想起都會會心微笑。

真的好慶幸有妳這個好朋友。這兩年我們分享好多信仰的經歷同感受，每次分享都感動到笑中有淚。我們見證了很多 miracles，最難忘是當時妳做完電療，即日能夠跟我們飛去 Dubai。除此之外，我懷念大家坦誠難過軟弱之處，在大家身邊扶持鼓勵。我最失意最開心的時間都有你陪伴。

在你身上我見到從上帝而來的平安喜樂同力量。I love and miss you so much, until we meet again!

好友 Natalie

時間飛逝，不知不覺已經認識了 Tiffany 二十年。她一向都是一位很有個性的人，不會理會旁人目光，想做甚麼就做。她亦是一個很好的聆聽者，每當我生活遇到難題或需要傾訴時，她都很落意做我的「樹洞」。跟她相處就是簡單直接，沒有秘密。

直到五年前她親口告訴我，說她患了子宮頸癌，那時她仍然表現得十分冷靜，之後一直都非常勇敢地面對病情。我真的很佩服 Tiffany 及她家人的勇氣和樂觀的態度，這次的經歷令我對生命意義的感受亦有所不同。雖然是十分不捨，但我知道 Tiffany 這一生無憾並擁有平安，我會將所有美好的回憶收藏在心裡。

好友 Rachel Luk

如果大家有看四仔旅行團或她個人 youtube 的影片，都會知道她是一個十分勇敢的女生。但比較少人知道的是，其實她還是一個很有義氣的朋友，從十二歲認識她開始，無論是失戀的大事還是買衫揀款的小事，只要我們需要她，她都會第一時間出現陪伴著我們。很感恩在中一那年遇上了你這個「死黨」，這幾年知道你一直努力堅強地對抗著這個病，我們亦從來沒有在你口中聽到過一句抱怨，是你教曉了我們人生本來就是應該好好地去生活而不應是拼命地去生存。現在，願你在天上繼續你的飛行模式，till we meet again, my best friend！

好友 To Sze Wai

後記

　　不要執着痛苦，放手擁抱現在面對死亡，縱使四仔們表面上看似很豁達，但內心如常人般痛苦、難過，因為我們只不過是個人。

　　現實中，我們也要繼續遊戲人生，未康復的要繼續為這場硬仗，努力戰鬥落去，康復的心裡仍然有着揮之不去的那種餘震，無形的壓力，曾經那麼近的癌症，如今又奪走了我們一位團(戰)友的生命，對害怕的那份心理陰影要如何撇下呢？

　　讓我們無法對死亡直視坦然的，其實是這些牽絆著的愛，面對死亡與疾病帶給我們的不安、焦慮及負面情緒，我們只能用愛和同行去化解這一切，四仔的愛和精神是長存的。

　　若把人生看似一場是很長很長的旅行，當中難免有一些傷痛的經歷，過程中雖然我們會不捨、難過，但原來歡笑有時，哭有時，這便是人生，我們要學習，保留有時，放手也有時。四仔這場旅行當中，我們學會了放手成長，「不要執着痛苦，放手擁抱現在」，雖然這簡單的十二個字看似容易，但卻是某些人一生的功課。

這趟旅行帶給四仔難忘的回憶，縱使帶着癌症，我們也可以和正常人一樣，去瘋，去闖，去追夢。希望藉着四仔之旅，能夠讓大家拋開那些舊有對癌症病人的思想和看法，現今醫學科技日新月異，當中讓我們看到了希望，但願一天癌症會慢慢演變成慢性病，故事中的病人與癌共存也能活得很精彩。

　　人生當中，很多時也是在乎你的看法，癌症這兩個字有些人覺得是不幸，是詛咒，但因為癌症，卻讓四仔遇上，一件壞事情當中可能也有好的一面，讓我們學到沒有什麼是絕對的，我們赤裸裸的來到這個世界，也必赤裸裸的離開，只是人生當中你能擁有多少的快樂和憂傷？

　　人生短暫，請趕快為自己安排一場精彩的旅行，踏上壯麗之旅，綻放生命的華章，讓靈魂在世界的廣闊中翱翔。

　　共勉之！

火柴頭工作室
MATCH MEDIA Ltd.

匯聚光芒，燃點夢想！

《4 仔旅行團》

系　　列：心靈勵志
作　　者：Tiffany、Teriver、Niko、Jasmine、Clark、LamK、
　　　　　R 小姐 @4 仔團友
出 版 人：Raymond
責任編輯：歐陽有男
封面設計：Hinggo
內文設計：Hinggo@BasicDesign
出　　版：火柴頭工作室有限公司 Match Media Ltd.
電　　郵：info @ matchmediahk.com
發　　行：泛華發行代理有限公司
　　　　　九龍將軍澳工業邨駿昌街 7 號 2 樓
承　　印：新藝域印刷製作有限公司
　　　　　香港柴灣吉勝街 45 號勝景工業大廈 4 字樓 A 室
出版日期：2024 年 6 月初版
定　　價：HK$138
國際書號：978-988-76942-6-7
建議上架：心靈勵志